鰻

eel

紙礫

5

はじめに

ウナギといえば、かつては「ご馳走」というイメージが定着していた。江戸時代以来多くの鰻屋が蒲焼を提供し、人々はちょっと贅沢な外食としてそれを口にしたし、明治以降も客人にふるまうか、特別な場で口にするという食べ物だった。土用の丑の日にウナギを食す習慣も定着し、人々の間では、「精力がつく」食品であることもよく知られていた。尾崎士郎に、次の戯詩がある。

蒲焼を食いたしと思えども
蒲焼はあまりに高し
せめてはうなぎ屋の店先に立ちて
うなぎの焼ける匂いをかいでみん

昭和初期、尾崎が貧しかったころの詩として、榊山潤が「馬込村の青春」という文章で紹介している（筑摩現代文学大系　第46巻「尾崎士郎　火野葦平集」筑摩書房、一九七八年四月発行の月報所収）。朔太郎の「ふらんすに行きたしと思へども…」の本歌取りだが、駆け出しの小説家の貧しいながら希望を持って暮らしている様子がうかがえる。ご馳走としてのウナギを端的に表していよう。

それが昭和の終わり頃からは輸入量が増え、値段も下がって消費が急拡大した。スーパーなどで調理済みのパックのウナギが売られ、今夜のおかずとして日常の食卓に並ぶこともあった。しかし、近年は輸入量が減り、値段も高騰、贅沢な食べ物の位置をやや回復した。ちなみに一九五六年の日本のウナギ生産量は、約七千三百トン（天然二千四百トン、養殖が四千九百トン）で輸入はなかった。それが、最盛期の二〇〇〇年には、約十五万トン（天然八百トン、養殖二万三千トン、輸入十三万トン）と二十倍にも増えたのだ。二〇一五年は、約五万トン（天然八十トン、養殖二万トン、輸入三万トン）である（水産庁のサイトの「ウナギ供給量の推移」の表より）。一億二千万人で五万トンを消費することは、一人当たり四百グラムほどのウナギを食べていることになる。

近年、食べるウナギのほとんどは養殖されたものだ。しかし、卵から育て、親に産卵させるという完全養殖はまだ実用化されていない。それどころか、交尾や産卵の実態すら解明されていないのである。明治時代までの日本人はウナギの稚魚を見たこともなく、謎の生物であった。その後研究が進み、ニホンウナギは日本から遠く離れたマリアナ沖で新月の頃に産卵することまではわかっているが、まだ観察されたことはない。ただ、養殖用に稚魚の段階で大量に採取されてしまう。なお、ニホンウナギは、国際自然保護連合（ＩＵＣＮ）により、二〇一四年、絶滅危惧種（ＥＮ）に指定された。

川と海を行き来し、人々の食卓に上るという点でサケとウナギは似ているが、サケは生れ在所の川に戻るのに対し、ウナギは海流任せに陸地に近寄り適当な川を遡るのだ。ここらあたりが、サケのような健気さを感じさせない理由なのかもしれない。また、ウナギは謎の生態と主に、ヘビに似た形状や黒っぽい色から、不気味な存在として認識されることにもなる。

すなわち、日本人はウナギを、ご馳走であり、生態は謎で、恐しく妖しい生き物、と捉えて来た。本書では、それぞれの側面を描いた作品を集めた。

収録作品は、小説、エッセイに限らず、万葉集、江戸の狂歌、北原白秋の詩なども含み、落語や民俗学の記述も加えた。これもウナギの様々な側面を取り上げたかったからだ。ただし、生物学的な記述、外国語で書かれた作品（翻訳）は除いた。そして、単なるウナギ好きの文人のエッセイも収録しない。グルメという視点から一線を画すことでウナギの持つ特異性を明らかにしたかったのである。本書を手に取った方が、できるだけ多くの未知の作品に遭遇することを意図して、よく知られた作家より忘れられかけた作家、現代の作家より一昔前の作家を優先した。

このような作品を並べることで、従来のウナギ観に一石を投じることができたと思う。また、その投げ礫が、ウナギというフィルターの向うに現代文明の様相をあぶり出していれば幸いである。

二〇一六年の夏に

石川　博

目次

一章　ウナギはおいしい

万葉の鰻

大伴家持《おおとものやかもち》

石麻呂《いはまろ》に吾《われ》物申《まを》す夏痩《やせ》に良しといふ物ぞ鰻《むなぎ》漁《と》り食《め》せ

大伴家持　巻の第十六―三八五三

痩《や》す痩《や》すも生《い》けらばあらむをはたやはた鰻《むなぎ》を漁《と》ると河に流るな

大伴家持　巻の第十六―三八五四

右は、吉田連老《むらじおゆ》といふものあり。字を石麻呂と曰《い》へり。いはゆる仁敬の子なり。その老、人となり身体いたく痩せたり。多く喫飲すれども形飢饉《うゑびと》に似たり。これによりて大伴宿祢家持、いささかこの歌を作りて戯れ咲《わら》ふことを為せり。

鰻

南方熊楠《みなかたくまぐす》

『大草家料理書』に、「鰻膾《なます》は醤油を薄くして魚に掛けて、少し火執り候て切りて右同加減にするなり。または湯を暑かにして拭いてもあぐるなり。これは中なり。膾は口伝あるなり」。『嬉遊笑覧』に、「鰻を焼いて売る家むかしは郭の内になかりしとぞ。寛延四年撰『新増江戸鹿子』、深川鰻名産なり、八幡宮門前の町にて多く売る。云々。池の端鰻、不忍池にて採るにあらず、先住・尾久の辺より取り来る物を売るなり、ただし深川の佳味に及ばずといえり、このころまで、いまだ江戸前鰻という名をいわず、深川には安永ころいてう屋といえるが高名なり。『耳袋』に、浜町河岸に大黒屋といえる鰻屋の名物ありというは天明ころのことにや、これら御府内にて鰻屋の始めなるべし。京師も元禄ころまでよき町には蒲焼なかりしにや。『松の葉』端歌に、朱雀帰りの小歌に松原通りの蒲焼はめすまいかと卑しき物にいえり」とあれど、宮川氏の御説に〔『日本及日本人』七八〇号二一六頁〕より軽少な鰻屋は元禄・享保間すでに江戸にありと知る。ただし『万葉集』に鰻を詠むは夏痩せの薬として勧めたまでだが、『異制庭訓往来』や『尺素往来』にその名を出せるを見ると、足利幕府の初世すでにこれを珍饌としたらしい。英国人は十一世紀にすでにこれを食うた証あり、十四世紀に多くの鰻をオランダから輸入した、とハズリットが述べた。宮川氏は古ローマで鰻を酒の肴に持囃《もてはや》した由言ったが、日本でも昔はそうだったと見え、『狂言記』三、「末広がり」に、「鰻のすしをばえいやっと頬張っていようか酒をのめかし」とある。

（大正九年五月一日『日本及日本人』七八二号）

【追記】

『嬉遊笑覧』一〇上に、京都も元禄ころまでよき町には蒲焼なかりしにや、と見え、宮川氏の説によると、元禄中、京都の鰻はもっぱら大道で焼いて売られたようだが、大阪には多少満足な町店で鰻を食わせたと見える。元禄の末年より三年後、宝永三年錦文流作『熊谷女編笠』二の二に、角屋与三次、手代小三郎と大阪新町遊廓を見るところ、「東口を出でて南北を見れば、表の見世《みせ》を台所に鮹木《たこき》に登る気色あり。ことにお家流の律義な手跡にて大和今井鮓《すし》、鰻の蒲焼、酒肴との書付、ここにて腹中をよくせんといえば、小三郎がいいけるは、これはまた重ね重ね大きな費えのゆくこと、こうしたことを知ったらば昼の食行李に飯を入れて、橋の上にても大事ないものをとつぶやくもおかし。与三次、少し北へ歩めば、塩屋とかや、行灯の光もうすうすと、見れば相客もなさそうなり。主従二人、冷飯に鰻の蒲焼、酒は玉子酒にして、山の芋を辛子酢でどぜうがあらばたいて下されと、さても下心の可笑《おかし》さ」とある。元禄末年ころまで、京で鼈《すっぽん》料理なかりしに大阪にはこれありしこと、『元禄曽我物語』三の一に見えたるなど、土地によりて流行に早晩あったのだ。

（大正九年七月一日『日本及日本人』七八六号）

後生鰻

五代目古今亭志《ここんていし》ん生《しょう》（口演）

毎度ながら馬鹿馬鹿しいことを申し上げまして。

もっとも私たちの方は、笑われるということが商売なんでありまして。

噺の方には頓智落ちとか、考え落ちですとかいろいろなのがございましてな。考え落ちというのは、考えなければ噺の落ちが分からない。

ごくしわい人がさくらんぼうを拾って食べましたら、そのさくらんぼうの芽生えが、あくる年になると、頭の先から出てくる。それがだんだんだんだんと育って、しまいにゃあ大木になってくる、花が満開というようなことで。

「ケチ兵衛さんの頭の山にゃあ、いい花が咲くなあ」

「今年はケチ兵衛の頭の山で花見をしよう」

花見の人が出てまいりまして、酔った挙句喧嘩をする。やかましくって仕方がないから、この桜の木を根こそぎにする。後へ大きな穴が空いちゃった、空いたところへ雨水が溜まって、池になる。頭ケ池。フナだのコイだの釣れるってんで、釣り師がでる。陽気がよくなると花火が上がる。

「あたしほど因果なものはない」ってんで、ある晩に、ケチ兵衛さんが女房に書き置きをいたしますてぇと、頭ケ池に、身を投げました。

そして噺家が降りてしまいますと、お客同士でいろいろ今の批評を始めまして、

「どうも、自分で自分の頭の池に身を投げるって噺は、面白いですな」

「ケチ兵衛が、自分で自分の頭の池に、どうして身を投げられますかな？」

「それはね、おまえさん、袂落《たもと》としの煙草入れの筒だよ」

とこう言ったのが、考え落ちのサゲなんですな。

袂落としの煙草入れってのは、今は巻きたばこですが、昔は刻みでありますから、キセル筒と煙草の入ったのと別にしてある。このキセルを入れる方の筒は、お母さんが、赤ちゃんの付紐なんぞを作るときに、つーっと縫いましてな、ちょっと扱《こ》いて、これをくるくるっとひっくり返すと筒みたいな袋になりますな。キセル筒も、そうやって縫っといてくるくるっとひっくり返して作る。だから、ケチ兵衛が自分の頭の池に身を投げたのも、こうやって、自分の頭にくるくるくるっと……これがつまり考え落ちですな。こういった噺が昔はいくらもあったそうです。


人は暇があるといろいろなことを考えます。

よく「信心は徳の余り」と申しました。あたしたちの子供の時分には、「寒参り」と言いまして、寒の内に水を浴びまして、さらしの着物一枚で、鈴《りん》をつけまして、寒の内、神社へ参りました。「六根清浄、六根清浄」「どうぞ、仕事がうまくいきますよう」とか「腕が上がりますよう」てんで、寒の内、水を浴びて信心しました。

これが、神様の方でも、こうされるとしょうがないから、なんとか利益を与えよう、とこういうことになっておりました。

中にはそういう信心でないのがある。

「今日もいい天気だなあ。体は退屈だし、用はねえし、しゃあねえな。どうも、行くとこがねえや。仕方がねえからお参りに行こう」なんて。こういうのはあんまりいい信心じゃあ、ありませんなあ。

こういうようにどうも、信心もいろいろでありますが、本当にお年をめしてきて心が落ち着いて参りますと、殺生ということを嫌います。今はございませんが、昔はどこの橋のそばにも、放し亀なんてのがありまして、大川の橋の手前へいくてぇと亀の子が吊るしてございます。これを放してやるってぇと大変な功徳になるそうでございます。だから、ああいうものを逃してやろうと思ったなら、すぐ買って放り込んでやればいいんですが、中にゃぁ、放り込む前に、亀の子にたいへんに恩をかけてる方がございまして、

「な、いいか、おれぁ、助けてやろうってんだ、おめえを、いいか。てめえ、ありがたく思えよ、コンチクショウ、てめえ、万年生きるところだろう、おれが助けてやったんだから、ありがたく思いなよ、まったく、徒《あだ》や疎《おろそ》かじゃないよ。ええ、おれになんか儲けさせてくれよ、その代わり、おれの顔、よく見とけ、こういう顔だよ、こういう顔。世間によくねぇ顔だから、よく見て。ええ、いいか？ あ

りがてえもんだろ。おれなんか義侠に富んでる。清水の次郎長かオレかってくれえのもんだ。おめえ、よくオレの顔見とけ。いくら、これ？　…六十銭？　……はぁ……そっちのちょっと小せえのはいくらだ？　四十銭？　そっちのにしよう」

なんて。さんざん恩にかけて、二十銭の違いでやめちゃったりしちゃう。逃がしてもらった亀の子はいいけど、よされた方の亀の子は面白くなくなってくる。

「ちくしょう…しみったれ野郎、ちくしょう、覚えてやがれ、取り憑くから」

なんにもならねぇ……、いろんなもんでございまして。

せがれさんにご家督を譲ってしまったご隠居さんが、念仏三昧でありまして、この方は、本当に虫も殺さない。夏なんか、蚊なんかがとまって食っても、いた痒いのを我慢しておりまして、

「おいおい、お前さんはいったいいつまで私の血を吸うんだよ、いい加減によしな……他に仲間がいるんだから、お前さんはもういいだろ、よせよせ。これこれ、今度はお前がこっち来て吸え」

なんて、実にこういう人でありますから、毎日のように観音様にお参りに行っておりまして、南無阿弥陀仏、南無阿弥陀仏と道行をしまして、藜《あかざ》の杖をつきまして、川っ縁を通ってくると、向こう側が川で、こっちが鰻屋。鰻屋の親方がお客の注文で、蒲焼をこしらえようってんで、向こう鉢巻きで、

鰻を裂き台の上に載っけて、キリを通して裂こうと。鰻がキリを通して裂かれた日にゃあ、痛くて熱くて焼かれてあわないからね、鰻の方はいやだから逃げようと。これを今まさにキリを通そうというような塩梅で……。

ご隠居　これ！

親　方　いらっしゃい。

ご隠居　いらっしゃいじゃない！　この野郎！　なにをするんだ、それは。

親　方　へっ！？

ご隠居　なにをするんだよ、お前は。

親　方　なにもしやしませんよ。

ご隠居　鰻、どうすんだ、それを。

親　方　いま、鰻を裂いて、焼くんです。

ご隠居　なんでそういうことをするんだ、鰻の命を取ろうという了見か。

親　方　いや、べつに命を取ろうなんてもんじゃ。焼きにしてください、とお客の注文で。

ご隠居　かわいそうなことをしやがる。もしお前さんが、大きなまな板の上に載せられて、キリを通されて裂かれて焼かれる身になったらどうする？

親　方　いや、べつにあたしゃそんな目にあうような悪いことはしやしない。
ご隠居　お前さんはしやしないだろうが、鰻がナニを悪いことをした？　えぇ？　かわいそうなことをしやがって。
親　方　おい、変な人が来たぜ！　いや、ね、お客の注文で蒲焼にするんですよ！
ご隠居　あたしの目の黒いうちは、その鰻は殺させません！
親　方　蒲焼にしてもいいから、殺しちゃいけません。
ご隠居　そんな事言ったって、むりですよ、そりゃあ、商売ですからね。
親　方　商売？　商売って言われりゃあ、しょうがない。その鰻を逃してやれば、鰻はずいぶん喜ぶのになあ。
ご隠居　そんなことしてちゃあ、あたしんとこが潰れちゃいますよ。
親　方　そう言われれば、しょうがない。しかし、生き物の命を取ろうってぇのを、あたしゃ黙って見ていることはできませんよ。さ、それはいくらだい？　……二円？　よし、あたしが二円出すから、ザルにいれな……お前もあんなやつに捕まるからこんな目に遭う。いいか、あたしが助けてやるから嬉しいと思え、嬉しいだろ？　うれしいのに、なぜほっぺたをふくらませる、お前は。いいか、あんなやつに捕まるんじゃないよ。

というと、前の川へボチャーンと放り込んで……南無阿弥陀仏、南無阿弥陀仏、あぁ、いい功徳をした、ってんで、いい気分で帰った。
あくる日、同じ道を通るってぇと、向こうは商売ですから、また鰻を裂こうとしている。

ご隠居　これ！

親　方　また来たよ！　しょうがねぇなぁ、どうも……昨日はすいません。

ご隠居　またお前は鰻を殺すのかい、情けねぇ野郎だ、どうも。えっ？　お客の注文？　そりゃ注文だろうが……いくらだ、それは。

親　方　二円です。

ご隠居　二円？……昨日より小いちぇえな。

親　方　へぃ、少し高いんですよ。

ご隠居　値段のことなんか言ってられないよ、ザルへ入れろ！　まったく、あんなやつに捕まるんじゃないよ。

というと、また、前の川へボチャーン……南無阿弥陀仏、南無阿弥陀仏。
あくる日、こんどは鰻屋がすっぽんの首を切って血を取ろうとしている。すっぽんがこんなに首を伸ばして、

ご隠居　これ、ナニをするんだ！　すっぽんの首を切って血をとろうと。
親　方　へぇ、いま、すっぽんの首を切って血をとろうと。
ご隠居　かわいそうに、なんてことをしやがるんだ、てめえの血を取れ。いくらだ……えぇ？　八円……値段のことをいってられねぇ。こっちへよこせ！　いいか、あんなやつに捕まっちゃいけないよ、長生きをおしよ。
て、前の川へボチャーン……ああ、いい功徳をした、南無阿弥陀仏。
と、毎日のように、鰻は二円、すっぽんは八円で川に逃してやる。鰻屋の方でもご隠居で月にいくら儲かるって、そろばんに入れちゃってる。仲間のものもうらやましがって「ちくしょう、いい隠居、捕まえやがったなぁ、この野郎め！　あの隠居付きでお前んとこの店、買おうじゃないか」なんてのが出て来る、たいへんなものでございます。
それがぱったり来なくなっちゃった。
親　方　どうしちゃったんだろうなぁ、あのおじいさんは、見えなくなっちゃったなあ。
かみさん　見えなくなるよ、馬鹿馬鹿しいから他を歩いてんだよ。えぇ、横でみてても嫌になっちゃうよ。お前さん、はなは大きな鰻、二円で売ってたけど、だんだん小さくなっちゃって、こないだなんか、ドジョウ一匹、二円で売ってたじゃないか。あの人、嫌ンなっちゃったんだよ。

親　方　そうか？　そんなことねぇだろう……歳ぃとって、体でも悪くなったんじゃねぇか？

かみさん　そうかしらねぇ、それなら、はやくあのじいさん付きでこの店売っちゃえばよかったねえ。なんでも生きてさえいれば、逃がしてくれたんだよ、ありがたいじいさんじゃねぇか。風邪でもひいたかねえ。来てくれなきゃ困るんだよ。あの爺さんが金を出して放り込んでくれる。おっ、来たよ。

親　方　来たのかい？　あっ、痩せたねぇ。風邪なんかひいてたのかねえ。

かみさん　こりゃたいへんだ、もう長いことねえんなら、今のうちに取れるだけ取っちまわねぇと……、鰻をだせ、鰻。

親　方　鰻なんかありゃしないよ、お前さん、買い出しに行かないだろ、ここんとこ。

かみさん　えぇ？　そうか……なんでもいいよ、ドジョウは？

親　方　お付けの身にしちゃったよ。

かみさん　おい、来るよ、もう間に合わねえ、金魚いたろ。

親　方　金魚、死んじゃったよ。

親　方　生きてるもの置きなよ！　金儲けが……ネズミは。
かみさん　ネズミなんか捕まりゃしないよ。
親　方　ネズミでもなんでもいいんだ、生きて動いてればいいんだよ、しょうがねぇなあ、来ちゃったよ、間に合わねえ、何かねえか……、赤ん坊だせ、赤ん坊。
かみさん　赤ん坊、どうするの？
親　方　いいから、裸にしろ……銭儲けだからがまんしろよ。

赤ん坊が驚いて「ぎゃーーーー」ってやつを、裂き台の上へ乗っけて、

ご隠居　おいおいおい！
親　方　へい、いらっしゃい。
ご隠居　いらっしゃいじゃない！　ナニをしやがるんだ、お前は?!
親　方　へい、いま、これをキリを刺して裂いて蒲焼に。
ご隠居　馬鹿野郎、赤ん坊を蒲焼に……、なさけねえやろうだ！
親　方　お客の注文で。
ご隠居　お客の注文？　そんなもん注文する奴があるか！　それはいくらだ。

親　方　へい、これは百円。

ご隠居　百円？　カネのことなんかいってられません、こうなったら。出せ、赤ん坊！　まったく、あぁ、鬼か蛇だな、おー、よしよし、あんなやつに捕まっちゃいけないよ。

前の川へ、ボチャーン。

（枕の一部を割愛しました。）

鰻

原 石鼎
はら せきてい

私が眠りから覚めた時はもう殆《ほとん》ど暮れていた。と思うと部屋の真ン中に今し方灯り出した電灯がはたと消えた。部屋はかなり暗くなった。只軒端の所のみが簾《すだれ》を透してほの白い空の一角を残しているばかりであった。

「腹痛はもうすっかり癒ったのだナ。」と私は今迄忘れていたものを急に思い出したように心の中で囁《ささや》いた。そうして私は湯上りの袖の間から右手を差し入れて、帯の緩んだ腹を押えて見た。けれどももうどこにも痛みは残っていない。私はそれを思うと飛び立つほど嬉しかった。私はもう昨夜終夜《よじゅう》の苦しみ、あの錐か棒杭でもおっ立てるように痛んだ苦しさから逃れ得たことを思うと、まるで生れ変ったような心持がした。私はガバと蒲団を蹴って起きた。そうして縁の欄《てすり》へ立って簾を捲き上げようとした。この時、私は物に搏たれたような不思議に強い感じをその簾の前に立った私の眼前の空中から受けた。と思うと筋向いのお邸の二階窓の簾が木立の間にありありと白く、しかもまた瞬く暇に打ち消えてしまった。――私の嫌いな雷が鳴り出した。

私は簾の裾を手に持ったまましばらくあたりの光景を見廻した。そこにある大きな棟々の彼方には、黒い雲が幾重にも蔽《おお》いかぶさっていた。そうして遠い雲は重く動かざるが如く、近い低い雲は団々としてどす黒く迅《はや》い。そうしてこれ等の蠢《うご》めきのすべてをじっと見つめて居る時、それ等の雲は皆悉《ことごと》く湧き立ち返るように見えるのである。電光はその湧き立ち返る団雲の奥深く、雲と雲との間隙を引き裂く如く、ある時は亀甲《きっこう》の如く漏れて来た。赤い只一条の火柱も見えた。棟上の雲はいよいよその色と形とを変えて物すごく動き出す。

私は手に持った簾の裾を再び取り放して、静かに自分の寝床の上へ帰った。雷がやや大きく底力のある音でどろどろと遠く鳴り出した。あるいは重く強くただドと言っただけで尾を引かないような音も聞えて来た。ポツリポツリと夕立の雨が屋根廂《ひさし》を打って来るような気配がした。けれどもそれは雨ではなかった。

「今日はどの位いの大雷雨になるか知れない。」と思った時、私の心は忽《たちま》ち暗い重い恐怖と不安に襲われて来るのであった。

こういう時に私は屹度《きっと》はばかりへ行きたくなる。しばらくすると私ははばかりへ行きたくなった。暗い階子段《はしごだん》を探るようにして下へ降りた。下へ降りて見るとそこも真っ暗であった。只箪笥の上と厨《くりや》の棚に蝋燭がおぼつかなく焔をゆらめかせているばかりであった。

「どうして電気がつかんのだろう。」と下の娘《ねえ》さんは部屋の暗の中から、厨の棚の蝋燭の前で水仕事をしているお婆さんに問いかけていた。

私がはばかりから出る頃には雷鳴も電光も益々ひどくなって来て、もう家のうち中まで照らし出していた。その都度に蝋燭の焔は小さく白く揺れて光っていた。

「ほう、先生ですか、お腹《なか》はどうですか。」とお婆さんは厨の口から私の姿を覗くようにして訊ねた。

「有難う、もうお腹の方は大丈夫です。何か食って見たい位ですから。」とこう私は言って再び二階へ上った。電気のつかない二階は真ッ暗であった。いよいよ電光は窓の簾の目をありありさせ乍《なが》らその余光は私の寝床の蒲団の山をも染め初めた。私はもうじっとしてそこに居るに忍びなかった。手探りで鴨居の帽子をはずしてそれを手にして私は上《あが》り框《がまち》の方へ下りて行った。私は単に雷が怖いという許《ばか》りでなく、実際お腹が減っているような気もした。私は腹痛のため下剤をかけ、腹痛のために食物をとらなかった。私は鰻が食いたくなった。いわば空ンぼの腹へ、一片の鰻を投ずることがして見たかった。この怖ろしい雷鳴や電光の下を潜って鰻屋へ行かねばならぬようなハメを作って出て行くということは、うっちゃりな、そしてそこに冒険的な多少の興味がないでもなかったが、その一片の鰻を渇望することも強かった。汚れた帽子をかぶった私の身体は潜り戸をつるつると抜けて街の中へふらふらと浮き出て行った。

町の中は暗かった。瓦斯《ガス》を引いている氷屋だとか芋屋だとかのみは眩しく蒼い光を行人に投げかけていた。ゴタゴタ店のある街を通り過ぐると直ぐお邸《やしき》町である。電光は絶え間なしに街道を照らして雷鳴もしきりに烈しくなって来る。ある時は私の直ぐ前を通る女の後ろ帯を照らし出すかと思うと町のお邸の一本銀杏を魔のように中空へ描き出す。ある時は又私の荒い湯上り浴衣の棒縞を、恰《あたか》も他人の衣でも見るようにあざやかに白く照らし出しもする。

私は出来るだけ気を落ちつけて、時にその物恐ろしげな空を思い切って仰いだりなどしながら歩いた。人の眼から見ればそれでも走るように急いで見えたかもしれぬ。

私はとうとう鰻屋へ辿りついたのであるが、生憎《あいにく》又ここの鰻屋は休みであった。折角行って見た鰻屋が休んでいたということは私にとってかなり不快であった。私はもう再び今来た恐ろしげな街路をとぼとぼ歩くことは嫌になって来た。そこで私は最寄の帳場へ馳け込んで俥《くるま》をやとった。三丁か四丁ほかない今来たばかりの町を、俥で帰るということはここの町人の目には狂気の沙汰であったろう。私は夏帽の縁へ手を当てて、顔をかくすような形で俥に乗った。俥は乾いたぼくぼくした道埃《みちほこり》の上を飛び出して行った。俥は間もなく私の宿の路次の入口で止まった。そこで私はその俥夫に二十銭をきばって使を頼んだ。

「実は昨夜腹痛を起したんだが、腹痛には鰻がいいというから一つ鰻屋を探してそれを一人前持って来るようにいうてくれまいか。今行った鰻屋はお休だというので、僕大いに弱ってる所なんだが。」と嘘も少しは交えて言った。俥夫は易々として承諾した。私は急いで宿へ帰った。私が潜戸を潜る時さえ電光は私を追うように射た。

「只今。」といって玄関へ上ると何事ぞ、奥の四畳半の間で、

「伯母さん、早く来て頂戴な、猫が光ってよ。」と宿の娘《ねえ》さんの頓狂な声が聞えた。私の胸はビクンとした。

「雷に猫は怖いよ。どこにいる。どこにいる猫は。」とお婆さんは矢庭に畳箒《たたみぼうき》を取り外してその長い柄を上に向けて走り寄った。

「あれ、あそこにいるのよ。ここの物置のトタン屋根の上にいるのよ。ほら、あれご覧よ。あんなに縮込《ちぢこ》まってるよ。」と娘《ねえ》さんは真ッ蒼になって言った。何事が起ったかと私も物好きに覗きに行った。成程トタン屋根の上に猫は出来るだけ身を縮めて隠れていた。お婆さんは、

「これッ、これッ。」といってその箒の柄を上へ向けられるだけ向けて、頻りにそのトタン屋根を叩いたり、こじきつけたりした。やがて猫はヒラリと体を躍らしたと思うと、今度は右の方の屋根廂の上へ移っていた。お婆さんは矢張り、

「これッこれッ。」と言い乍《なが》ら一生懸命に屋根裏を突いた。電光は裏家の棟のあたりで火花を散らしたようにそこら中を明るく照らした。そのお婆さんの箒の柄にも、お婆さんの肩のあたりから、その座敷に小さくなっていた娘《ねえ》さんの顔まで白々と打ち照らすのであった。

するとと不図《ふと》電気がパッと灯いて来た。そこら中明るくなった。

「ほほほ、まるで活動みたいね。」といって娘さんは、明りのついた嬉しさに笑い崩れるのであった。

箒を持ってぼんやり立っていたお婆さんの姿は浮き彫のようであった。そして白髪交りの髪が顔のあたりでほうほうと毛むくだっていた。私はそこへ蹲《つくば》ってそうして鰻の来ることを待っていた。

やがて鰻屋が、

「おあつらえ。」と威勢のいい声をして這入《はい》って来た。

「さあ、みんなで一きれずつ食べましょう。」といって私はその鰻屋の持って来た黒の漆塗の箱を三

人の真ン中へ置いてそして箱の蓋を開いた。箱の内側の朱塗は殊のほか赤く見えた。その底には幅の広い旨そうな蒲焼が四きればかり横えてあった。お婆さんは、

「へへえ、鰻ですか。」と言って覗くようにして座った。

私達が俄《にわ》かに明るい電気の下でこの一片の鰻に舌鼓を打っているうちに、雷鳴も電光もだんだんと小やみになって来たらしかった。

私が二階へ上って、安堵した思いで簾を上げた時には、軒端の夜空に星が強くきらめいていた。冷たい風が、どこからとなくヒューと吹いて来た。

「今日の鰻は旨かった。みんな消化して腹が悉く吸い込んでしまうだろう。」と心につぶやき乍《なが》ら、私は私の寝床の上へ仰向けに大の字なりに足を延べた。そうして手を前にしたように腹へあてて押えて見たが、腹は痛くも何ともなかった。もう雷のことは総《すべ》て忘れていた。

ごん狐

新美《にいみ》南吉《なんきち》

一

これは、私が小さいときに、村の茂平《もへい》というおじいさんからきいたお話です。

むかしは、私たちの村のちかくの、中山というところに小さなお城があって、中山《なかやま》さまというおとのさまが、おられたそうです。

その中山から、少しはなれた山の中に、「ごん狐《ぎつね》」という狐がいました。ごんは、ひとりぼっちの小狐で、しだのいっぱいしげった森の中に穴をほって住んでいました。そして、夜でも昼でも、あたりの村へ出てきて、いたずらばかりしました。はたけへはいって芋をほりちらしたり、菜種《なたね》がらの、ほしてあるのへ火をつけたり、百姓家《ひゃくしょうや》のうら手につるしてあるとんがらしをむしりとっていったり、いろんなことをしました。

ある秋のことでした。二三日雨がふりつづいたそのあいだ、ごんは、外へも出られなくて穴の中にしゃがんでいました。

雨があがると、ごんは、ほっとして穴からはい出ました。空はからっと晴れていて、百舌鳥《もず》の声がきんきん、ひびいていました。

ごんは、村の小川の堤《つつみ》まで出てきました。あたりの、すすきの穂《ほ》には、まだ雨のしずくが光っていました。川はいつもは水が少ないのですが、三日もの雨で、水が、どっとましていました。ただのときは水につかることのない、川べりのすすきや、萩《はぎ》の株《かぶ》が、黄いろくにごった水に横だおしになって、もまれています。ごんは川下《かわしも》の方へと、ぬかるみみちを歩いていきました。

ふとみると、川の中に人がいて、何かやっています。ごんは、みつからないように、そうっと草の深いところへ歩きよって、そこからじっとのぞいてみました。

「兵十《ひょうじゅう》だな。」と、ごんは思いました。兵十はぼろぼろの黒いきものをまくし上げて、腰《こし》のところまで水にひたりながら、魚をとる、はりきりという、網《あみ》をゆすぶっていました。はちまきをした顔の横っちょうに、まるい萩の葉が一まい、大きな黒子《ほくろ》みたいにへばりついていました。

しばらくすると、兵十は、はりきり網の一ばんうしろの、袋のようになったところを、水の中からもちあげました。その中には、芝《しば》の根や、草の葉や、くさった木ぎれなどが、ごちゃごちゃはいっていましたが、でもところどころ、白いものがきらきら光っています。それは、ふというなぎの腹や、大きなきすの腹でした。兵十は、びくの中へ、そのうなぎやきすを、ごみといっしょにぶちこみました。そしてまた、袋の口をしばって、水の中へ入れました。

兵十はそれから、びくをもって川から上《あが》り、びくを土手においといて、何をさがしにか、川上の方へかけていきました。

兵十がいなくなると、ごんは、ぴょいと草の中からとび出して、びくのそばへかけつけました。ちょいと、いたずらがしたくなったのです。ごんはびくの中の魚をつかみ出しては、はりきり網のかかっているところより下手《しもて》の川の中を目がけて、ぽんぽんなげこみました。どの魚も、「どぼん」と音を立てながらにごった水の中へもぐりこみました。

一ばんしまいに、太いうなぎをつかみにかかりましたが、何《なに》しろぬるぬるとすべりぬけるので、手ではつかめません。ごんはじれったくなって、頭をびくの中につっこんで、うなぎの頭を口にくわえました。うなぎは、キュッといって、ごんの首へまきつきました。そのとたんに兵十が、向うから、「うわァぬすと狐め。」と、どなりたてました。ごんは、びっくりしてとびあがりました。うなぎをふりすててにげようとしましたが、うなぎは、ごんの首にまきついたままはなれません。ごんはそのまま横っとびにとび出していっしょうけんめいに、にげていきました。

ほら穴の近くの、はんの木の下でふりかえってみましたが、兵十は追っかけてはきませんでした。

ごんは、ほっとして、うなぎの頭をかみくだき、やっとはずして穴のそとの、草の葉の上にのせておきました。

二

十日ほどたって、ごんが、弥助《やすけ》というお百姓の家《うち》の裏をとおりかかりますと、そこの、いちじくの木のかげで、弥助の家内《かない》が、おはぐろをつけていました。鍛冶屋《かじや》の新兵衛《しんべえ》の家のうらをとおると、新兵衛の家内が、かみをすいていました。ごんは、

「ふふん、村に何かあるんだな。」と思いました。

「なんだろう、秋祭りかな。祭りなら、太鼓《たいこ》や笛《ふえ》の音がしそうなものだ。それに第一、お宮にのぼりが立つはずだが。」

こんなことを考えながらやってきますと、いつのまにか、表に赤い井戸《いど》のある、兵十の家の前へきました。その小さな、こわれかけた家の中には、おおぜいの人があつまっていました。よそいきの着物を着て、腰にてぬぐいをさげたりした女たちが、表のかまどで火をたいています。大きな鍋《なべ》の中では、何かぐずぐずにえていました。

「ああ、葬式《そうしき》だ。」と、ごんは思いました。

「兵十の家のだれが死んだんだろう。」

おひるがすぎると、ごんは、村の墓地《ぼち》へいって、六地蔵《ろくじぞう》さんのかげにかくれていました。いいお天気で、遠く向こうにはお城の屋根瓦《やねがわら》が光っています。墓地には、ひがん花が、赤い布《きれ》のようにさきつづいていました。と、村の方から、カーン、カーンと鐘《かね》が鳴ってきました。葬式の出る合図《あいず》です。

やがて、白い着物を着た葬列《そうれつ》のものたちがやってくるのがちらちらみえはじめました。話声も近くなりました。葬列は墓地へはいってきました。人びとが通ったあとには、ひがん花が、ふみおられて

いました。

ごんはのびあがってみました。兵十が、白いかみしもをつけて、位牌《いはい》をささげています。いつもは赤いさつま芋みたいな元気のいい顔が、きょうはなんだかしおれていました。

「ははん、死んだのは兵十のお母《つかあ》だ。」

ごんはそう思いながら、頭をひっこめました。

その晩《ばん》、ごんは、穴の中で考えました。

「兵十のお母は、床《とこ》についていて、うなぎが食べたいといったにちがいない。それで兵十がはりきり網をもち出したんだ。ところが、わしがいたずらをして、うなぎをとってきてしまった。だから兵十は、お母にうなぎを食べさせることができなかった。そのままお母は、死んじゃったにちがいない。ああ、うなぎが食べたい、うなぎが食べたいとおもいながら、死んだんだろう。ちょッ、あんないたずらをしなけりゃよかった。」

三

兵十が、赤い井戸のところで、麦をといでいました。

兵十はいままで、お母とふたりきりで貧《まず》しいくらしをしていたもので、お母が死んでしまっては、もうひとりぼっちでした。

「おれと同じひとりぼっちの兵十か。」

こちらの物置のうしろからみていたごんは、そう思いました。

ごんは物置のそばをはなれて、向こうへいきかけますと、どこかで、いわしを売る声がします。

「いわしのやすうりだァい。いきのいいいわしだァい。」

ごんは、その、いせいのいい声のする方へ走っていきました。と、弥助のおかみさんがうら戸口《とぐち》から、

「いわしをおくれ。」といいました。いわし売りは、いわしのかごをつんだ車を、道ばたにおいて、ぴかぴか光るいわしを両手でつかんで、弥助の家の中へもってはいりました。ごんはそのすきまに、かごの中から、五六ぴきのいわしをつかみ出して、もときた方へかけ出しました。そして、兵十の家のうら口から、家の中へいわしを投げこんで、穴へ向かってかけもどりました。途中《とちゅう》の坂の上でふりかえってみますと、兵十がまだ、井戸のところで麦をといでいるのが小さくみえました。

ごんは、うなぎのつぐないに、まず一つ、いいことをしたと思いました。

つぎの日には、ごんは山で栗《くり》をどっさりひろって、それをかかえて、兵十の家へいきました。うら口からのぞいてみますと、兵十は、ひるめしをたべかけて、茶椀《ちゃわん》をもったまま、ぼんやりと考えこんでいました。へんなことには兵十の頬《ほっ》ぺたに、かすり傷《きず》がついています。どうしたんだろうと、ごんが思っていますと、兵十がひとりごとをいいました。

「いったいだれが、いわしなんかをおれの家へほうりこんでいったんだろう。おかげでおれは、盗人《ぬすびと》と思われて、いわし屋のやつに、ひどい目にあわされた。」と、ぶつぶついっています。

ごんは、これはしまったと思いました。かわいそうに兵十は、いわし屋にぶんなぐられて、あんな傷までつけられたのか。

ごんはこうおもいながら、そっと物置の方へまわってその入口に、栗をおいてかえりました。

つぎの日も、そのつぎの日もごんは、栗をひろっては、兵十の家へもってきてやりました。そのつぎの日には、栗ばかりでなく、まつたけも二三ぼんもっていきました。

四

月のいい晩でした。ごんは、ぶらぶらあそびに出かけました。中山さまのお城の下を通ってすこしいくと、細い道の向こうから、だれかくるようです。話声が聞こえます。チンチロリン、チンチロリンと松虫が鳴いています。

ごんは、道の片《かた》がわにかくれて、じっとしていました。話声はだんだん近くなりました。それは、兵十と、加助《かすけ》というお百姓でした。

「そうそう、なあ加助。」と、兵十がいいました。

「ああん?」

「おれあ、このごろ、とても、ふしぎなことがあるんだ。」

「何が?」

「お母が死んでからは、だれだか知らんが、おれに栗やまつたけなんかを、まいにちまいにちくれるんだよ。」

「ふうん、だれが?」

「それがわからんのだよ。おれの知らんうちに、おいていくんだ。」

ごんは、ふたりのあとをつけていきました。

「ほんとかい?」

「ほんとだとも。うそと思うなら、あしたみにこいよ。その栗を見せてやるよ。」

「へえ、へんなこともあるもんだなァ。」

それなり、ふたりはだまって歩いていきました。

加助がひょいと、うしろをみました。ごんはびくっとして、小さくなってたちどまりました。加助は、ごんには気がつかないで、そのままさっさとあるきました。吉兵衛《きちべえ》というお百姓の家までくると、ふたりはそこへはいっていきました。ポンポンポンポンと木魚《もくぎょ》の音がしています。窓の障子《しょうじ》にあかりがさしていて、大きな坊主頭《ぼうずあたま》がうつって動いていました。ごんは、

「おねんぶつがあるんだな。」と思いながら井戸のそばにしゃがんでいました。しばらくすると、また三人ほど、人がつれだって吉兵衛の家へはいっていきました。お経《きょう》を読む声がきこえてきました。

五

ごんは、おねんぶつがすむまで、井戸のそばにしゃがんでいました。兵十と加助はまたいっしょにかえっていきます。ごんは、ふたりの話をきこうと思って、ついていきました。兵十の影法師《かげぼうし》をふみふみいきました。

お城の前まできたとき、加助がいい出しました。

「さっきの話は、きっと、そりゃあ、神さまのしわざだぞ。」

「えっ?」と、兵十はびっくりして、加助の顔をみました。

「おれは、あれからずっと考えていたが、どうも、そりゃ、人間じゃない、神さまだ、神さまが、お前がたったひとりになったのをあわれに思わっしゃって、いろんなものをめぐんでくださるんだよ。」

「そうかなあ。」

「そうだとも。だから、まいにち神さまにお礼をいうがいいよ。」

「うん。」

ごんは、へえ、こいつはつまらないなと思いました。おれが、栗やまつたけを持っていってやるのに、そのおれにはお礼をいわないで、神さまにお礼をいうんじゃァおれは、ひきあわないなあ。

六

そのあくる日もごんは、栗をもって、兵十の家へ出かけました。兵十は物置で縄《なわ》をなっていました。それでごんは家のうら口から、こっそり中へはいりました。

そのとき兵十は、ふと顔をあげました。と狐が家の中へはいったではありませんか。こないだうなぎをぬすみやがったあのごん狐めが、またいたずらをしにきたな。

「ようし。」

兵十は、立ちあがって、納屋《なや》にかけてある火縄銃《ひなわじゅう》をとって、火薬をつめました。

そして足音をしのばせてちかよって、今戸口を出ようとするごんを、ドンと、うちました。ごんは、ばたりとたおれました。兵十はかけよってきました。家の中を見ると土間に栗が、かためておいてあるのが目につきました。

「おや。」と兵十は、びっくりしてごんに目を落としました。

「ごん、おまいだったのか。いつも栗をくれたのは。」

ごんは、ぐったりと目をつぶったまま、うなずきました。

兵十は、火縄銃をばたりと、とり落としました。青い煙《けむり》が、まだ筒口《つつぐち》から細く出ていました。

海と鰻

小《お》川《がわ》国《くに》夫《お》

小学校からの帰り途《みち》だった。ツネと浩は質屋の前の川で鰻を見つけた。大きい鰻が川の真中にじっとしていた。流れはそこを除《よ》けているようだった。浩が

——摑《つか》まえよう、といった。ツネが

——どうしるだや、と聞いた。

——川へ入って、鰻を摑まえて、道へ放《ほう》らあ

——駄目だよ、それより兄ちゃんを呼んで来まあ、浩は

——うん、といって、ランドセルをツネに持たせると、学校へ駆け戻った。彼は、学校を出て来る時、前庭の撒水をしていたツネの兄を見たのを思い出した。ツネと一緒になったのは、それから後、途々だった。

浩に鰻がいることをいわれると、浜司は、

——俺は行かあ、といった。一緒に撒水をしていた二、三人が、当番中に行ってはいけない、といった。浩はその人達に

——鰻がいるんだよ、といって、太さを指で作って見せた。みんな校門を出て駆けて来た。

鰻はもとの場所にいた。ツネは一人の間中鰻から目を離さなかった。

浜司は遠くの方で水に入って、鰻に近付いて行った。摑まえて路上に放り上げた。

浜司達は学校へ戻った。浩とツネは大きい鑵詰の空鑵に鰻を押し込んで、めくれている蓋を持って

帰った。自分の家へ着くと、ツネは
——ここへ置いてってよ、といった。浩は
——うん、といって、二人でしばらくバケツに移し換えた鰻を見ていた。浩が去った。浜司が帰って来て、鰻を覗いていて、
——フン、といった。そしてどこかへ遊びに行った。
母親が工場から帰って来た。父親が帰って来た。玄関に置いてあった鰻を見て
——これか、といった。そして
——柚木さんの浩さんが、学校帰りに、浜司と一緒に摑まえたんだって、と母親にいった。ツネは
——兄ちゃんが摑まえたのよ、といった。父親は母親と話していた。
——焼いて、あした俺が柚木さんへ持ってくで…… ツネは
——とっちゃん、浜ちゃんが、水撒きをやめて摑まえたもんで、摑まったのよ
——そうか、と父親はいった。
——浜ちゃんが帰ってくれば解るよ、ツネがいった。
——ツネ、タバコを買って来い、ほれ、ゼニ、といって、父親は娘に八銭やった。ツネは玄関へ行って、鰻を覗いた。鰻がバケツの底に丸くなると、尾と頭が重っていた。頭を尾鰭《おひれ》の蔭へ入れて、息をしているようだった。ツネはそれをしばらく見ていて、

——なんで柚木さんへやるだやあ……　といった。父親は

——子供は黙ってろ……　といった。母親は

——ええに、やりゃせんに……　といった。父親は

——なに、やるだよ、といった。ツネは、これは駄目だと思った。鰻は柚木さんへ持って行かれるのだ。

ツネは煙草屋からの帰り途で浩に逢った。

——ヒロちゃん、とっちゃんが鰻をヒロちゃんちへ持って行くって……、焼いて

——おら要らないんだけど……

——でもヒロちゃんのお父さんが好きずら……

——うん好きだよ

——ヒロちゃんは、浜ちゃんと一緒に鰻を摑まえたって、家の衆にいったの……

——うん、浩は声を小さくして答えた。

——それはそうだけどさ……　とツネがいった。浩は何かいわなければならない、と思った。

——あした、土曜ずら、自転車へ乗せて、焼津へつれてってやらあ

——焼津へ……海まで行くの……

——うん、川尻まで行くかも知れん、大井川が海へ出るとこだ

——何時間位自転車へ乗ってるの……

――うん、そりゃ、五時間位だ

鰻のなかのフランス

中平《なかひら》　解《さとる》

1

フランス人はウナギのことを、アンギーユ（anguille）と呼んでいる。ラテン語で「小さな蛇」という anguilla を借りて来たものである。ヨーロッパのウナギは、ヨーロッパウナギと言うのが正確なのかもしれない。日本では、天然のウナギは数が少なくなったので、わたしどもが今食べているウナギは、普通には養殖したウナギである。ところが、養殖ウナギのシラス（稚魚）も、日本のものだけでは足りないので、台湾などからも輸入しているのだが、この輸入シラスの中に、フランス産のものがあり、昭和五十二年度の農林水産省の調べによると、フランスからは、日本産シラスの十分の一弱が輸入されている、ということである。

昭和五十年一月十日の毎日新聞に、水産庁東海区水産研究所技官の阿部宗明氏の書かれた「新顔の魚、ヨーロッパウナギ」というのが出ているが、そこには「国内で養殖したヨーロッパウナギは、けっこう美味であるが、日本産のウナギほど高温に強くないし、冷たい水を好むため、成長がおそい」、と記されている。ここには、ヨーロッパウナギは成長がおそいとあるだけだが、同じ毎日の昭和五十三年七月二十六日の「ボンジュールうな重」によると、稚魚から市場に出荷されるのに、日本のウナギは約十ヶ月かかるのに対して、フランスのウナギは二年かかる、というのだから、成長が二倍以上おそいことがわかる。

わたしはフランスのウナギを食べてみたい、と考えて、吉祥寺にある行きつけの宮川という店で相談してみたが、要領を得なかった。ところが、『ももんが』の五月号（第二十六巻第五号）の田中隆尚さんの「へらす旅愁（十五）」を読んで、ギリシャのウナギが、「味はなかなかうまかった[1]」ということを知り、実に嬉しかった。上記の阿部宗明氏の文にも、「けっこう美味である」、とは記されているが、その味を自分の口の中で味わってみたいのである。それができないので、気が落ち着かないでいるのだが、田中さんも、味はなかなかうまかった、と言うのだから、おおよその見当はついた。

わたしはフランスでは、アンギーユを食べもしなかったし、生きているウナギの姿も見なかったのだが、田中さんはギリシャのウナギの生きている姿を、その眼で見られたということで、「胴体の直径が五センチ以上もありながら、そのわりにみじかい鰻が水槽のなかをおよいでゐた」、と書かれている。昭和五十三年七月二十六日の毎日新聞には、町のウナギ屋さんが、「太くて短くて不格好でさきにくい。加工用にでも出回っているのでは」、と言ったという記事が出ているが、田中さんの観察はこの文とよく合っている。「太くて短い」というところが。この日の毎日新聞には、菱洋産業という輸入商社の開発部長が、「日本ウナギと同じエサで育ち、見かけも味も変わらないので、都内のカバ焼き店でも使われている。加工用だけではとてもさばききれません」、と言っているとあるが、「見かけも味も変わらない」、というのはどうであろう。わたしは宮川で、フランスから来たウナギが、たとえ味は落ちても、味の実際のところを知りたいのだから、と言って、かけ合ってみたのであったが、店にはそんなものは置いていません、というような顔をされた。わたしの本当の気持がわからなかったのであろう。また、よしんばわかったとしても、これがフランスのウナギだ、と言って、一匹だけ取りよせるわけにも行かなかったのであろう。

自分で本当の味も知らないフランスのウナギのことを書くのは、何だか気がひけるが、わたしは田中さんの文章に刺戟されて、フランス文学の中に現われるアンギーユのことを少し書き綴ってみたくなったのである。

日本では、ウナギ料理法は、関西と関東ではちがうようである。わたしは伊予の生まれだが、郷里ではウナギはむしたりしないで、焼いて食べるのであった。十六歳の年に東京へ出て来て、初めてわたしは東京風のウナギの料理を食べたのであった。名古屋に行っていたころ、大学で、昼飯によくウナギを食べたが、これは東京風の「うな重」であった。三重県のあたりはどうなっているのか知らないが、滝原町の滝原神宮に詣でたあと、町のウナギ屋で食べたウナギは、分厚いのを塩焼きにしてあった。この塩焼きのことは、村井米子さんだったかが文藝春秋に書いているのを読んで、そのことを知り、わざわざこれを食べに行ったのであった。滝原神宮へは、妻と次男とわたしの三人で行ったのだが、妻の撮ってくれたわたしと次男の二人で写っている写真に、そこにいなかったはずの第三者がはっきりと写っていて、びっくりしてしまった経験があるが、これはウナギの話とは関係がない。滝原神宮とはそのようなところで、このこととともに、ウナギの塩焼きの味は、十五、六年経った今でも忘れられない。忘れられないと言えば、京都のウナギの佃煮の味も忘れられない。

ところで、フランス人がウナギを食べるときは、一体どのようにして食べるのであろうか。これはフランス人の中に入って生活し、彼らの生活に親しまなければ、本当のことはわからない。仕方がないので、フランスの文学作品の中に現われるウナギの料理をもとにして、記すよりほかあるまい。

先ずわたしども日本人にとって意外に思われることは、ウナギのフライである。ウナギのフライのことは、フランス語では friture d'anguille と言うのだが、ジェルメーヌ・アクルマン（Germaine Acremant）という女流作家（一八八九年に、ロダンの「カレーの市民」で知られるカレーのあるパ・ド・カレー県のサン・トメールで生まれた。生きていたら九十三歳である）の『マホガニーの小屋』という小説（一九二四年）の中に、「サント・マリ島に沿うて舟をやりながら、彼らはクレー小母さんの家の前を通る。この家には、日曜になると、ウナギのフライを食べ、球戯をたのしむ都会の人たちが集まる」、と書かれているが、舟の通っているのは、サン・トメール（Saint-Omer）のあたりの運河で、彼らというのはラリユスとデルフィヌ・トバの許嫁同士である。

隣りのノール県の県庁の所在地で、商工業の盛んなリルに住んでいて、彼女の家の近くに、狩猟用にマホガニーの小屋を建てているダニエル・シャサーニュは、かねがねデルフィヌに並々ならぬ好意を寄せているが、あるとき、この小屋に招かれた彼女は、ダニエルからウナギのフライを御馳走になる。このウナギは、このあたりで魚のフライで有名な、あのクレー小母さんの家から買って来たばかりのもので、それをぶつ切りにして、フライにしてあった。ウナギは切られたまま、フライパンの中で、初めのうちは未だ動いていた、とこの女流作家で、地方主義文学者であった人は書いている。

クレー小母さんのところには、水の中に漬けた穴のあけた樽の中に、何百というほどのウナギがうごめいている、というのだから、サン・トメールのあたりでは、ウナギのフライがさかんに食われていることがわかる。アクルマンの記すところによると、このあたり一帯は八世紀前には、いろいろな野鳥の声がかまびすしい沼沢の地であったところで、今でもマレー（Marais' 沼地）と呼ばれているくらいだから、ウナギが多いのであろう。ウナギがよく捕れるところでは、人びとがウナギを食べ物とすることは、ごく当たり前のことであろう。

『英語歳時記、夏』の一九九頁の「eel　うなぎ」のところを見ると、「イギリス、アメリカではほとんど食べない」、と八木毅さんが書いている。フランスのことさえ、あまりよくわからないのだから、イギリスのことなどさっぱりわからないのだが、ウナギを捕る「筌《ど》」や、「うけ」のことを、イギリス人は eel-basket, eel-buck, eel-trap' あるいは eel-pot などと呼んでいるところを見ると、イギリス人も、わたしが子供のころ、郷里の伊予で見たように、あれを使って、ウナギを捕っているのであろう。捕るのは食べるためだから、イギリスでもウナギを、ほとんど食べないと言うよりも、もう少し多く食べているのではあるまいか。ああいうやり方で、イギリスの田舎の人たちもウナギを捕って食べているのか、と思うと、何となく親しみを感ぜずにはおられない。もっとも、ウナギを捕るこのしかけは、フランス人も使っていると見えて、nasse à anguilles ということばがある。だから、このやり方でウナギを捕ることをしているのは、イギリス人だけではないことがわかる。日本人もこの捕り方を知っているのだから、世界のあちこちにはもっといろいろな土地で、この方法が行なわれているにちがいない。こういうところに焦点を当てて調べてみると、おもしろい結果が得られるであろう。と言っても、これを実行するのは大変で、口で言うほどに容易なことではない。ウナギと限らず、調べるということは、何でも皆大変なことであるが。

ウナギがよく捕れるからといって、必ずしもそれがために、ウナギをよく食べる、ということにはならないのかもしれないが、ピエール・ブノワ（一八八六―一九六二）の『アクセル』という小説（一九四八年）には、第一次世界大戦の際に、ドイツのライヒェンドルフに捕虜となって監禁されて三十ヶ月、ここの城での電気のことを担当しているピエール・デュメーヌというフランス人が、ここでの食事が毎日のように、プゥルドー、poule d'eau（学名 Gallinula chloropus 黒灰色の羽をしていて、くちばしが赤く、先は黄色い。フランスのオヴェルニュの北のはずれに近い、オトリーヴのレ・ファヴァールという部落にある。婿の兄の家に接した小さい池で、二歳になる孫の千春（フランシス）が、黒くてくちばしの赤い鳥が泳いでいるのを見つけたが、池のそばに住んでいるクレマンのおかみさんに、名を尋ねたら、poule d'eau です、と教えてくれた。ちょっとニワトリの雌に似ていて、わたしは初めニワトリかと思った。だから「水のめんどり」と呼ぶのであろう）と、ウナギが出て来たので（これを粗食ということばでブノワは表現している。プゥルドーの味は知らないが、ウナギを食べて粗食と言うのは、わたしどもの生活とへだたりがあるように思われる[2]）、すぐに満腹した、というくだりがあるが、ウナギはどのように料理されていたか書いてない。この城は北海に近いところにあるのだが、このあたりは海に近い沼沢の地で、城のそばには池がいくつもあるので、ウナギは豊富に捕れたのであろう。粗食は別として、いくらウナギでも毎日食わされたのでは、まちがいなく倦きてしまうにちがいない。この小説のあとの方には、この城での豪華な昼食のときに、二羽のウサギと、タンシュ（tanche）という鯉の一種と、ウナギが出たことが記されている。

ところで、ドイツではウナギは、どのようにして食べるのであろう。また、どの程度ドイツ人はウナギを食べるのであろうか。ブノワはドイツ人がウナギをどの程度食べるか、それをよく知った上で上のように書いているのであろうか。ドイツの事情にくわしい人にウナギのことを教えてもらいたいものである（これは余談だが、デンマークのフランス語学者ニュロップの書いたものを見ると、デンマークでも、古くはウナギを捕って食べた、ということである。今でも、デンマーク人はウナギを食べているのであろうか）。

ドイツのことはこれくらいにして、フランスの方へもどって、もう一度、ウナギのフライのことを問題にすると、マルク・エルデの『あぶない足どりの家』という小説の七十四頁にも、friture d'anguille のことが出て来る。この小説の背景はブルターニュでもなければ、ヴァンデでもない。それではどこかと言うと、ロワール川の谷だ、と記されているだけで、はっきりはしない。この川に沿った港町らしいのが、舞台になっているのである。このあたりの店でも、ウナギのフライを食べさせるものと見える。

ところで、同じ小説の一一〇頁には、ウナギのブゥイユテュール、bouilleture というものが出て来る。これはアンジュー Anjou 地方で赤葡萄酒と乾しスモモのはいったウナギのマトロット（matelote 一種のシチュー）をさすことばだ、というから、この小説の背景のロワールの谷というのは、ロワール川沿いのアンジュー地方の港町のことらしい。一口にアンジュー地方と言っても、昔のアンジューは、現在の Maine-et-Loire 県の全部と、Mayenne 県、Sarthe 県、Indre-et-Loire 県、Vienne 県のそれぞれの一部を含み、アンジェ、Angers を首邑としていた。この地方では、ウナギのマトロット（matelote）をブゥイユテュールと言っている、というのだから、ウナギの matelote がこの地方で食べられていることはまちがいない。このマトロットという料理は魚肉を使うのが普通だが、牛肉や鶏肉、あるいは卵などを用いることもあるという。ウナギのマトロットのことは、ピエール・ブノワの『アクセル』の十一頁にも出て来る。これはフランスの西南部、ジロンド県（ボルドーのあるところ）あたりのことらしい。

Grand Larousse encyclopédique の anguille のところを見ると、西部フランスの各地では、スィヴェル、civelle（「めくら」を意味する caecus というラテン語が語源という）という名で呼ばれる六〜七センチのウナギの幼魚が、川にのぼって来るときに、網で大量に捕獲されて、地方地方の独特の料理に用いられて、大変に珍重される、と記されている。マトロットもその一つかもしれない。

ロワール川はフランス第一の大河だが、この川に沿うたトゥール、Tours は、上記の Indre-et-Loire の県庁の所在地で、小説家のバルザックの生まれたところである。この町は、わたしは観光バスで、フランス人たちの仲間入りして、通り過ぎただけだが、先日、この町に二年間も住んでいたという青年（むさしの画材をやっている岩島岑子さんの息子の雅人君）と話していて、わたしがフランスのウナギの話を持ち出したら、トゥールの町には、ウナギを食わせる店が一軒あった、と言っていた。そこにはいりましたか、と尋ねてみたら、彼はいったことはありません、と答えたので、どのような料理を食わせるのか、よくわからなかったが、フライやブゥイユテュール、つまりマトロットなどを食わせるのかもしれない。トゥールはロワール川の流れている町だから、ウナギがすぐ手にはいるので、このようにウナギ専門の店があるのであろう。日本の川魚料理屋のようなものだが、トゥールのウナギ屋はどのような看板を出しているのであろうか。うっかりして聞き洩らしてしまった。

雅人君に初めて会ったのは七月の初めごろのことであったが、八月十六日に再び同君に会うことができたので、トゥールのウナギ屋の看板には、ウナギの画がかいてあったか、それとも文字でウナギ料理と書いてあったのか、と尋ねてみたら、画はかいてなくて、字で書いてあった、と答え、その店なら在り場所をよく知っているので、いつでも行くことができる、と話してくれた。それはまるで、わたしがそこへウナギを食べに行くのなら、これから案内してあげますよ、と言わんばかりの様子であった。

この日は、『民間伝承』をやっている戸田謙介君の夫人で洋画家のみつきさんが、雅人君の運転する車で、立山正一君に案内されてわたしのところを訪ねて来たのであったが、立山君は、わたしが長久手にある愛知県立芸術大学でフランス語を教えた学生で、霧島から降りて行った宮崎県の小林の出身だが、大学の修士課程を修めたあとパリへ行き、六年近くÉcole des beaux-artsなどで油画を学んで来た優秀な青年である。その立山君に、ちょうどいい機会だ、と思って、君はフランスに長くいたが、ウナギは食べて来たか、と尋ねたら、アルカション（Arcachon）で食べました、という返事であった。フライかねと、聞いたら、ええ、と答えたので、うまかったかね、と聞きかえしたら、あまりうまくありませんでした、と立山君は言った。ウナギはやはりぶつ切りにして、フライにしてあったということであった。わたしはアルカションと聞いて、それがどこにあるのかすぐわかった。フランソワ・モリアックの小説などに出て来るので、知っているのだが、行ったわけではない。

ここは、モリアックの生まれたボルドーのあるジロンド（Gironde）県の有名な海水浴場である。モリアックの小説では、『愛の砂漠』や、『宿命』の中で、出会った記憶がある。ロジェ・マルタン・

デュ・ガールの『チボー家の人びと』にも出て来る。ピエール・ブノワの『アクセル』にも出るが、これは記憶からはうすれていた。ウナギの matelote のことが出て来た頁に、アルカションが出ているところを見ると、このあたりではウナギはマトロットにしたり、フライにしたりして食べるのであろう。わたしは小説などの中で、こうした場所の名に馴染んで行くのだが、若い人たちは実際にその場所へ行って、ウナギのフライなどを食べて来るのだから、世の中も変わったものである。日本人のフランスに対する知識も、こうして次第に、地についたものとなって行くのである。

1 別に、『ももんが』の第二十六巻第十一号の編輯後記に、田中隆尚さんは、ウナギを「ギリシャでは白焼にオリイヴ油とレモン汁をかけて食ったが、鯛でも黒鯛でも白焼にオリイヴ油とレモン汁をかけて食わせていたから、これがまずふつうのたべかたであろう」、と言っている。

2 松井 魁《いさお》著『うなぎの本』（丸ノ内出版刊）の一五四頁には、ドイツでは「鰻がひじょうに普及し、安価なので、女中の待遇の標準に、週当りなん回鰻料理が食膳にでるかで定めるくらいだそうである」と記されているから、ウナギの料理のことを粗食と言っているのかもしれない。

2

『ももんが』の十一月号（第二十六巻第十一号）が来た。編輯後記を見ると、田中隆尚さんが「ドイツでは燻製[1]にして前菜としてたべ、またハンブルクにはうなぎ汁と言う料理があるそうだが、これはわたしが食ったのではないから味はわからない」、と記されている。わたしの頭の中にもヨーロッパでは、ウナギの燻製を食べるのだ、という知識がいつの間にかはいっていて、ずいぶんおもしろい食べ方をするものだなあ、と思ったことがある。そこで、八月の暑いころ、「フランス人とウナギ」という題で書き始めたとき、そのことに触れよう、と思って、カードを調べてみたが、どうしたことか、燻製のところが出て来なかった。これはカードの調べ方が悪いのかもしれないし、フランスの文学作品のどこかで読んだにもかかわらず、記録することを忘れたのかもしれない。あるいは、燻製の話はフランスのことではなくて、田中さんの書かれているドイツかどこかの国のことかもしれない。それにしても、そのことをカードの余白にでも書いておけば、はっきりしたのにと残念である。聞いてしばらくの間は覚えているので、つい記録を怠るのだが、十年もすると、その記憶が定かでなくなることがあるのだから、やはり書き留めておかなければならない。これは昔作った『フランス風物詩』という雑記帳に記録したのかもしれない。それであればフランスの話である。

ところで燻製から、わたしはウナギの皮で作った財布のことを思い出した。これはジョルジュ・サンド（George Sand）の田園小説の一つの『小さいファデット』（La petite Fadette）に出るもので、ファデットはおばあさんの残して行った遺産金のはいっているウナギの皮で作った財布を、手に持った篭の中から取り出して、自分の好きな人であるランドリの父親のバルボー親爺に、財布の中の金貨を数えてもらったが（彼女は百以上の数を数えることができなかったので）、金貨のはいったウナギの皮の財布の数は四個に及び、さらに最後の財布には金貨、銀貨、それから小銭がはいっていたが、全部合わせると、実に四万フランの大金にのぼったのであった。『小さいファデット』の背景は、作者のジョルジュ・サンドが少女時代を送り、後年、再び住むようになったベリ（Berry）地方のノアン（Nohant）という部落のあたりらしいところがある。彼女が一八四八年に（彼女は一八〇四年に生まれて、一八七六年に死んでいる）、この小説を執筆したのもノアンだが、この時代のノアンの農民たちは、ウナギの皮で作った財布を使っていたものと見える。フランス人の日常使っている財布が何で作られているのか、うっかりしていて、調べていないが、革の財布や切れ地で作った財布などがあることは確かである。ウナギの皮の財布は、フランスでは、何もベリ地方だけでなく、他の土地でも用いられたはずだが、わたしは小説の中では、これ以外に出会った記憶がない。文学作品を通して、フランス人の生活のありさまをつぶさに、とまでは行かなくても、ある程度まで知る、ということは忍耐の要る、辛気くさい仕事と言えよう。

ウナギの皮の財布のことはこれくらいにして、バルザックの『田舎医者』(Le Médecin de campagne) という小説には、ビュティフェという名の密猟者が、「西洋サンザシなどのとげのある木のとげで鉤裂きになった上っ張りを身にまとい、足にはウナギの皮で結んだ革の靴底をはいていた」というところがある。靴の上の皮がとれてしまって、革底だけが残っている、といった無残な姿になったものを、僅かにウナギの皮で結んで、足にはいているのだが、ウナギの皮はこうした役にも立つほど強いのであろう。

こうした例から考えると、ウナギの皮は民間では、もっといろいろなものに用いられていそうである。わたしはさきに、モリス・ジュヌヴォワ (Maurice Genevoix) の『ラボリオ』(Raboliot 一九二五年) に出てくる nasse à anguilles (ウナギを捕るうけ) ということばを引いて、いろいろな国で、この道具を使ってウナギを捕っている漁法を比較してみると、おもしろいであろう、と述べておいたが、フランスの国内はもちろん、他の国ぐにでも、ウナギの皮がどのような用途に立っているのか、大げさに言えば、ウナギの皮の民俗学といったようなものを調べてみると、おもしろい結果が得られるかもしれない。

ウナギの皮でこしらえた鞭のことをどこかで読んだような気がするが、どこに記入しておいたのかもうわからなくなった。もっと早く書いておけばよかったのだが、わたしはどうも年を取り過ぎたようだ。

ウナギの燻製以外に、もう一つ、田中さんはハンブルクの「うなぎ汁」のことを書いておられたが、ウナギ汁というのはどういうものなのであろうか。フランスには、「ウナギのスープ」というものがある。と言っても、自分で食べたわけではないが、アルフォンス・ドーデ（Alphonse Daudet）の『風車小屋からの手紙』（Lettres de mon moulin）には soupe d'anguilles とあり、ジャン・ジオノ（Jean giono　一八九五—一九七〇）の散文詩『星の蛇』（Le Serpent d'étoiles　一九三四年）には soupe à l'anguille と出ている。どちらも南フランスの話だが、この「ウナギのスープ」というのが、「うなぎ汁」のことではあるまいか。

ジャネット・マティオの書いた『万人のための料理』（La Cuisine pour tous）という本（Albin Michel 刊）の三六五頁と三七〇頁にはウナギの料理のことが記されていることまでは、わたしの anguille のカードに記入してあるが、この本は昨年の九月、リヨン大学の先生となったフランス人の主人に従って、リヨンへ行った娘の本で、娘がフランスへ持って行ったので見ることができない。せめて、料理の名でも書いておけばよかったのに、といつもの物臭な自分を悔んでみるが間に合わない。本というものは、手許にないと、こんなときに間に合わないのである。日本では、鯛の吸い物はあるが、ウナギの吸い物はどうであろう。「肝吸い」というのはあるが。このごろわたしは、あれを飲まないと、ウナギの蒲焼きを食べたような気がしない。

ところで「ウナギのスープ」というのは、何か香辛料を加えないと、生臭くてたまらないのではないか、と思われるが、ギヨマン（Guillaumin　一八七三―一九五一）の『単純なる者の生涯』（La Vie d'un simple）に出てくる「ハムのスープ」（la soupe au jambon　一九〇四年）などから考えると、これは燻製にしたウナギを使ったスープかもしれない。サラミソーセージのスープのことを考えてみても、「ウナギのスープ」は燻製にしたウナギのスープかもしれない。何もこんなことを、あれこれ考えなくても、フランスへ行って、soupe à l'anguille を飲んで（フランス流に言えば「食べて」）みれば、いっぺんにわかることだから、知っている人から見れば、さぞおかしいことであろう。わたしはときどき、あの象の姿をさぐっているめくらのような自分の姿を、何か哀れと思うことがある。

ここで考えてみると、ウナギのスープなら、ドイツでもウナギのスープと言いそうなものだから、ウナギ汁というのは別なものかもしれない。いや、きっと別のものであろう。ウナギ汁というのは、ウナギのシチュー（マトロット）のことかもしれない。フランスのウナギのシチューのことは、前に記したとおりだが、三年前（昭和五十四年）の七月のある日（十日よりあとであった）、テレビで落語家がオランダでウナギのシチューを食べた、と話していたのをわたしは思い出した。ウナギのシチューは、そうしてみると、フランスだけでなく、オランダでも作られるのだから、ドイツでもウナギのシチューがありそうである。

どうも自分で実際に食べたこともないフランスのウナギ料理のことは、様子がよくわからなくて気がひけるが、何かの参考になるかもしれないので、もう少し書いておく。

アンドレ・トゥリエ（André Theuriet 一八三三—一九〇七）の『息子モガ』（Le Fils Maugars）という小説の一四頁には、結婚式の披露宴に出されたさまざまな御馳走の中に、いくつもの大きい深いサラダを入れるどんぶりが出て、その中で、シャラント（Charente）川で獲れたウナギが何匹も、葡萄酒入りのソースにたっぷり浸かっていた、と記されている。シャラント川というのは、フランスの西部を流れている川で、オト・ヴィエンヌ県（島崎藤村が第一次世界大戦の始まったとき、パリの宿の主婦のシモネーの郷里というので、疎開していた陶器の町リモージュはこの県の県庁の所在地である。画家のルノワールはここの生まれで、十三歳のときに、絵付け師として出発したことは周知のとおりである）に源を発し、ヴィエンヌ県、シャラント県（この県の名は、ここを流れるシャラント川に因んでいる）を通って、最後は、シャラント・マリティム県のロシュフォール（ピエール・ロチの生まれたところ。哲学者のメルロ・ポンティの生地でもある）という港町で、大西洋に注いでいるのだが、この小説の背景は、昔のポワトゥ（Poitou）地方のある小さい町ということになっているということは、現在で言えば、ヴィエンヌ県の小さな町ということになる。シャラント川はヴィエンヌ県を流れているといっても、この川の流れているのは、南部の極く僅かの部分である。したがって、ヴィエンヌ県の南の尽きるあたりの町の辺が、舞台になっているのである。シャラント川のウナギと言っても、このウナギは、このあたりのシャラント川で獲れたものであろう。

葡萄酒を入れたソースに、泳ぐほどたっぷり浸かっているウナギと言えば、フランス人には、ああ、あの料理か、とすぐわかるのであろうが、わたしには残念ながらよくわからない。しかし、これはウナギのマトロット（matelote）のことかもしれない。マトロットのことは前に書いたように、ウナギのぶつ切りに、赤葡萄酒と玉ねぎを入れて煮込んだもので、フランスで sauce matelote（マトロット・ソース）と言えば、赤葡萄酒と玉ねぎのはいったソースのことだから、葡萄酒入りのソースにたっぷり浸かっているウナギと言えば、どうもウナギのマトロット、つまりウナギのシチューのことらしい。

マトロットには、ウナギだけでなく、鯉のマトロットもある。また、ロット（lotte たまに lote と書くこともある）と、フランス人が呼んでいる淡水魚のマトロットもある。この魚はフランスのあちこちの川にいるが、スイスのレマン湖や、フランスではサヴォワ地方の湖（アヌスィ湖など）には特に多い、と言われている。体長は三十五センチから七十センチに及ぶ、というのだから、かなり大きいものもあるわけである。この魚の肝臓は大きくて、食通の特に珍重するところだという。もちろんその肉も珍味とされているので、マトロットにしたりして食べるのであろう。

さて、鯉のことだが、ゾラの『パリの腹』という小説には、中央市場（les Halles）に店を出しているクレールという名の川魚商の女が出て来て（Livre de poche 版で三五六頁）、鯉とウナギをあきなっていることが記されている（同上三五九頁、三三頁にも彼女が鯉とウナギを売っていることが記されている）。フランスの小説には、ウナギほどではないが、鯉もよく出る。しかし、わたしは未だ matelote de carpe（鯉のマトロット）の出て来る小説には行き合わさない。食べ物としてのウナギは、これまでにも見て来たように、いろいろと出て来るのだが、鯉のことはあまり出て来ない。これはわたしのフランスの小説の読み方が少ないためかもしれないが、一概にそうだ、と言い切れないところがある。

わたしは鯉のマトロットだけでなく、ロット（lotte）のマトロットにもお目にかかったことがない。それどころか、ロットのことはカードに取ってある、とばかり思っていたのに、さきほどカードを調べてみたら、全く取ってなかった。カードを作る前に、前にも書いた『フランス風物詩』という雑記帳をこしらえて、これにいろいろ書き入れていたから、そこに書き込んだのかもしれないが、この雑記帳は一度見つかって、またわからなくなってしまった。ロットということばは、不思議に頭の中に焼きついている。これほど年を取ってはもう間に合わないかもしれないが、森銑三さんや関泰祐さんのように、わたしよりずっと年長でも、元気で活躍しておられる方がたがあるのだから、ロットに行き合うのを楽しみにして生きて行くことにしよう。楽しみがまた一つふえた、と思えばいいのだから。

ところで、話をウナギのところにもどすと、ガストン・シェロー（Gaston Chérau、一八七二—一九三七）の『リフォー家の松明』（Le Flambeau des Riffault）の一二頁に「葡萄酒を入れたウナギ」というのが出て来る。このウナギは、家の近くの溝にしかけたヴェルヴー（verveux）と呼ばれる漏斗状の網で獲ったものだが、ソースをかけて食べるらしいことが、あとの記述でわかる。葡萄酒を入れたウナギというよりも、葡萄酒で煮たウナギであろう。妻の話では、娘が日本にいたころ、牛肉のシチューを葡萄酒で煮て作っていた、ということだから、これもウナギのマトロットのことかもしれない。シェローは昭和の十年ごろ、NHKのラジオで話したのを、当時住んでいた世田谷の奥沢で聞いたことがある。長男が生まれて間もないころのことであった。わたしはそのころは、もうシェローの名を知っていた。わたしよりも三十歳あまり年長の作家だから、「もう」というのはおかしいが。シェローはアメリカへ移って、一九三七年にボストンで死んだのだから、日本で放送したのをわたしが聞いてから、間もなくのことのような気がする。彼はヴィエンヌ県の西隣のドゥー・セーヴル（Deux-Sévres）県の県庁のあるニオール（Niort）で生まれた作家で、日本の島崎藤村くらいの年齢の人である。わたしは彼の小説は、これと『パトリス・ペリエの家』（La Maison de Patrice Perrier）の二つしか読んでいないが、『リフォー家の松明』の背景は彼の郷里のあたりのことらしい。この小説に現われる幾つかの方言には、彼が注をつけている。彼の生まれたDeux-Sévres県は、このように『息子モガ』の背景となっているヴィエンヌ県のすぐ西に当たるのだから、『息子モガ』の「葡萄酒入りのソース」に浸かっているウナギと、『リフォー家の松明』の「葡萄酒を入れたウナギ」とは、同じ料理かもしれない。

葡萄酒でウナギを煮ると言えば、昔、東京教育大や愛知県立大学で一緒にいて、今は千葉大のフランス語の先生をしている島田昌治君が、パリで、魚屋からウナギを買って来て、味醂のかわりに白葡萄酒を使って、ウナギの蒲焼きを作った話を聞いたことがある。魚屋というのは、『パリの腹』のクレールのような川魚屋なのか、一般の魚屋なのか、うっかりして聞き洩らしてしまったが、島田君は何でも器用な性質《たち》で、料理も上手だからいいが、わたしのような不器用な者には、とても真似のできないことである。一高生のころ、大正十年ごろであったが、今、西海国立公園になっている伊予の南宇和郡の西外海村（今の西海町）の内泊というところで、父がどこからかもらってきたウナギを頭から裂いて、砂糖醤油をつけて焼いてくれたのを覚えている。母はもう亡くなっていたが、母のいるころから、魚のうろこを落とし、腹わたを取るのは父の仕事であった。

わたしは大正九年の九月から東京に出て、一高生になっていたから、もうそのときは、東京風なウナギの蒲焼きの味は知っていた。いや、それより前、六月から七月にかけて、一高受験のために上京していたころ、曽根の誠一さんに蒲焼きをおごってもらって、その味を知っていた。誠一さんは一高を出て、東大生に、いや東京帝大の学生になったばかり、と言うよりも、なる少し前（籍は未だ一高にあったのだろう）であった。川端康成などと同じ文科のクラスだが、病気をして一年おくれているので、本来は、大正八年卒の文科で、神吉三郎さん（陸大の英語の先生のあと、東大の教養学部の先生をつとめた）や、江口大輔さん（京都大学の法学部を出て、北陸銀行につとめていた）などと同じクラスで、この人たちと親しかった。誠一さんの父親の松太郎さんが、わたしの両親と同じ北宇和郡の吉田町の生まれで、わたしが宿としていた村上の小母さん（百合恵）の家と、誠一さんの家とが親類の上に、どちらも根津の宮永町に住んでいたので、東京に着いた翌日から、わたしは誠一さんと知り合ったのであった。

なお、島田君はパリでウナギのフライを食べたが、うまくなかった、と言った。舌が肥えているから、そう思ったのかもしれない。また、葡萄酒で味をつけたウナギも食べた、と言った。これはマトロットのことかもしれない。

蒲焼きと言えば、ウナギの蒲焼きに欠かせない、と言われるウバメガシの炭のビンチョウ（備長）のことを思うが、パリでは流石の島田君も備長というわけには行かなかったであろう。ビンチョウとは、この炭を考え出した紀州田辺藩の炭問屋の備中屋長左衛門が名をつけた備長炭から来た名だが、このあたりではウバメガシのことはバベと言っていることを、紀州へ行ったとき聞いた。わたしにビンチョウのことを教えてくれたのは、一高の同級生の山添利作君で、彼が農林次官をやめて、農林漁業金融公庫とかいうところの総裁をしているころのことであった。彼がこの職に就いたのは、調べてみると昭和二十八年のことで、わたしが東京教育大で教えるようになった前の年のことであった。山添は役人にしておくにはもったいなさ過ぎるような男であったが、惜しいことに三年前に亡くなってしまった。

1　松井魁著『うなぎの本』の一五四頁には、「獅子文六氏や藤原銀次郎氏などが、天下一品だという鰻の燻製は有名である」、と記されている。

二章　ウナギは不可解

詩　鰻

北原白秋《きたはらはくしゅう》

金光燦爛たる夜《よ》の海のほとり、
虔《つゝ》ましき胸壁の中《うち》、いと暗き芝生のあたり、
鰻はめざめつ、囚はれの身より逃れて
今こそ動け、幽かなる声の声、響の響。

空には金無垢のほそき新月、
大きなる銀星連《つ》れて走りゆく、気も澄むばかり、
その時鰻は転《ころ》び出づ、鰻ならでは
そのうれしさを誰か知らむ、鰻はすべる。

鰻のすべるは蛇のすべるに異ならねど、
こはもと海のものなれば、陸《くが》には馴れず、
凡《すべ》て寂しく、痛々しく、草につまづき、
闇に燃え立つくれなゐの花にからまる。

鰻はさあれ一心にゆり動く、驚喜のあまり、
花より花をすりぬけつ、泣かむばかりに、
現はれ歎けばをりをり金の鰻となり、
をりをり消えては草葉の露をこぼす。

深く深く、現世《うつしよ》に命あり叡智あるもの、
皆真に光りいづべき縁《えにし》あり、ただの鰻も
ここに万歓極まりて涙を落す。
この時彼方に燦爛とかがやくは大海の波。

静けさや、壮厳微妙の夜の鰻、
彼こそは実《げ》に光り滾《こぼ》るる力の電池、
渾身これ滑《すべ》りながるる精霊の姿そのまま、
闇を飛び越え、また、燃え立つくれなゐの花を飛び超ゆ。

魚《ぎょ》王《おう》行《ぎょう》乞《こつ》譚《たん》

柳田《やなぎた》国男《くにお》

一

江戸は音羽町の辺に、麦飯奈良茶などを商いする腰掛茶屋の亭主、鰻の穴釣りに妙を得て、それを道楽に日を送っている者の店へ、ある日一人の客来って麦飯を食い、かれこれと話のついでに、漁は誰もする事ながら、穴に潜んでいる鰻などを釣り出すのは罪の深いことだ。見受けるところ御亭主も釣が好きと見えて、釣道具がいろいろおいてあるが、穴釣りだけは是非止めなさいと、意見して帰って行った。ところがその日もちょうど雨大いに降り、穴釣りには持って来いという天気なので、好きの道は是非に及ばず、やがて支度をしてどんどん橋とかへ行って釣りをすると、如何にも大いなる一尾の鰻を獲た。悦び持ち還ってそれを例の通り料理して見ると、右鰻の腹より、麦飯多く出でけると也という話。

根岸肥前守守信著わすところの「耳嚢《みみぶくろ》」巻一に、これが当時の一異聞として録せられている。「耳嚢」は今から百二十年ばかり前の、江戸の世間話を数多く書き集めた面白い本である。これとよく似た書物はまだ他にも幾つかあるようだが、あの頃の江戸という処は、特にこういう不思議な現象の起り易い土地であったろうか。ただしは、また単に筆豆の人が当時多かったから書き残されたというだけで、以前もそれ以後もまた他の町村でも、平均に同じような奇事珍談は絶えず発生していたのであろうか。

両者いずれであろうとも、問題は一考の価値があると私は思う。我々の文芸は久しく古伝実録の制御を受けて、高く翔り遠く夢みることを許されなかった。それがいわゆる根無し草の、やや自由な境地に遊ぼうとしていたかと思うと、たちまち引き返して現実生活の、各自の小さな経験に拘束せられる結果になったのである。空想は畢竟《ひっきょう》するところこの島国の民に取って、一種鉄篭中の羽ばたきに過ぎなかったのか。はたあるいは大いに養わるべきものが、未だその機会を得ずして時を経たのであるか。日本のいわゆる浪漫文学には未来があるか否か。これを決するためにも今少しく近よって、自分たちの民間文芸の生い立ちを、観察しておく必要があるようである。「耳嚢」の同じ条にはさらに右の話に続いて、それに似たる事ありといって、また次のような話も載せている。

昔虎の御門のお堀浚《さら》えがあった時、その人足方を引受けたる親爺、ある日うたた寝をしていると、夢ともなく一人の男がやって来た。仲間も多勢あること故、その内の者であろうと心得、起き出して四方山《よもやま》の話から、堀浚えの事なども話し合った。ややあってその男のいうには、今度の御堀浚えでは定めて沢山の鰻が出ることであろうが、その中に長さが三尺、丸みもこれに準じた大鰻がいたならば、それは決して殺してはいけません。その他の鰻もあまり多くは殺さぬようにと頼んだ。それを快く受け合ってあり合せの麦飯などを食わせ、明日を約して別れたそうである。ところが次の日はこの親爺差し支えがあって、漸《ようや》く昼の頃に場所に出かけ、昨日の頼みを思い出して、鰻か何か大きな生き物は出なかったか。もし出たならばそれをこの親爺にくれと言うと、出たことは確かにすさまじく大きな鰻が出たが、もう人足たちが集まって打ち殺してしまったあとであった。そうしてこれも腹を割いて見ると、食わせて帰した麦飯が現われたので、いよいよ昨日来て頼んだのがこの鰻であったことがわかり、その後は鰻を食うことを止めたという話である。そうして筆者根岸氏はこれに対して、両談同様にていずれが実、いずれが虚なることを知らずと記している。

二

即ち二つの話の少なくとも一方だけは、誰かがいわゆる換骨奪胎《かんこつだったい》したことが、もう聴く人々にも認められていたのである。江戸にはこの頃風説の流布ということを、殆ど商売にしていたかと思うような人が何人もいた。たとえば「兎園《とえん》小説」やその他の随筆に、盛んに書いている常陸国藤代村の少女、八歳にして男の児を生んだという話もウソであった。その地の領主が特に家臣を遣《や》って確かめたところが、そういう名前の家すらも無かったと、鈴木桃野の「反古《ほご》の裏書」には書いてある。又同じ書物には、ある夜二十騎町の通りを、鳶職体《とびしょくてい》の者が二人提灯を下げて、女の生首の話をしながら、通って行くのに逢ったという記事がある。今市ヶ谷の焼餅坂の上で、首を前垂《まえだれ》に包んで棄てに来た者がある。番人に咎められていずれかへか持ち去ったが、門先に棄首があっては迷惑なので、はや方々の屋敷でも見張りの者を出しているといった。辻番所の者もこれを聴いて、それは油断がならぬと夜明しをして騒いだが、翌朝尋ねてみると丸ウソであった。そうして小石川巣鴨本郷から、浅草千住王子在までも、一晩のうちにその噂が伝わっていたということである。板谷桂意という御絵師などは、どうかして一度このウソを流布させてみたいと思って、永いあいだ心がけていたそうである。彼がある人から梅の鉢植を貰い、それを二三年も過ぎて後に裁え換えようとすると、その根の下から五寸ばかりの真黒な土のかたまりの如きものが現われた。その形が魚に似ているので、よく見ていると少しずつ動き、眼口髭などもだんだんにわかり、水へ入れて見ると全くの鯉であった。これを桜田あたりの濠内に放したといって、御手のものの見取図が、方々に写し伝えられたそうな。これなどは大よそ成功の部であったというが、しかもその思いつきたるや、少しばかりありふれていたのである。盆栽の土の底に珍とすべき一物あるを知って、わざと植木が気に入ったような顔をして値をつける。そうして明日また来るといって還って行く。持主はなんにも知らないから、御化粧をさせた積りで別の立派な鉢へ裁え換えておく。あの鉢の土はどうした。もう何処へかぶちまけてしまった。実は欲しかったのはこの木の根にあったこれこれの品物なのである。あたら稀世の珍宝を種なしにしたと、足摺りをして残念がる。これが我邦では長崎の魚石の話としてひろく行われ、また最近には胡商求宝譚の名の下に、石田幹之助氏などが徹底的に研究しておられる、途法もなく古い昔話の系統に属するものであった。江戸の落語の天才が精々苦心をして、これに新たなる衣装を着せようとしたのが、猿と南蛮鉄との話などであったかと思う。海道の、とある掛茶屋の柱に、きたない小猿が一匹繋いである。その鏈《れん》の三四尺ほどのものが、南蛮鉄であることを知った男、一計を案じてこれを猿ぐるみ安く買い取ろうとする。あるいは母親がこの猿に生まれかわっているという夢を見たともいい、もしくは死んだ我児に似ていると称して泣いて見せるなどの、可笑味《おかしみ》を添えても話すのである。結局売り渡す段になって茶屋の亭主が、新しい紐を持って来て結わえ直すので、これこれどうしてその鎚をつけておかぬかというと、いやこれはまた次の猿を繋いで、売らなければなりませんというのが下げになっている。しかもこれなどもまだ人によっては、かつてその頃藤沢小田原あたりの松並木の蔭に於いて、実際あったことの様にも考えていた人があるのである。

世間話の新作ということも愉快な事実だが、それよりも自分たちの興味を抱くのは、隠れて糸を引いておった伝統なるものの力である。ウソをつく気ならば思い切って、新機軸を出した方が自由であったろうに、何故にかく際限なく前代の滑稽に纏綿《てんめん》し、忠実に唯一つの話の種を守ろうとしたのであろうか。古人の根気は幾らでもあらたに創造するにたり、後人の技能はわずかに追随踏襲を限度としていたのであろうか。あるいは西洋でいうインディヤニストのように、根源を求めてある一団の種族の、特殊の才分に感謝していればよいのであろうか。乃至《ないし》はまたウソにも法則があり真理があって、厳重にそれに遵拠したものだけが、こうして末永く我々を欺き得たのであろうか。この疑問を一通り解決してからでないと、我々は到底明日の文学を予言することが出来ぬのである。奇妙なことではあるが我々の大事にして保存していた話、時々取り出して人を驚かしていた話には、魚に関したものがどういうものか多い。前に掲げた長崎の魚石もそれであるが、別になお一つ有名なる物をいう魚の話がある。これがグベルナチスなどの夙《つと》に注意した笑う魚の系統に属することは、比較を進めて行くうちには判って来るように思うが、余り長くなるから他の機会まで残しておく。差し当り自分の集めてみたいと思うのは、飯を食って帰ったという魚の話の、内外の多くの例である。現在私はまだほんのわずかしか聴いていない。しかしこうして話していると、それならば今少し捜してみようという人が、おいおい出て来るだろうということだけは信ずるのである。

三

江戸でこの話をし始めたよりずっと以前、寛保二年の序文ある「老媼茶話」という書に、昔蒲生飛騨守秀行会津を領する頃、これとよく似て今少しく公けなる事実があったということを話している。時は慶長十六年辛亥の七月、殿様只見川の毒流しを試みたまわんとて、領内の百姓に命じて、柿渋蓮山椒の皮を舂《つ》きはたいて家々より差し出させた。その折節に藤という山里へ、旅の僧夕暮に来り宿かり、主を喚《よ》んでこの度の毒流しの事を語り出し、有情非情に及ぶまで、命を惜しまざる者はない。承われば当大守、明日この川に毒流しをなされる由。これ何の益ぞや。果して業報を得たまうべし。何とぞ貴殿その筋へ申し上げて止めたまえかし。これ莫大の善根なるべし。魚鼈《ぎょべつ》の死骨を見たまうとて、太守の御慰みにもなるまいに、誠に入らぬことをなされると深く歎き語った。主人も旅僧の志に感じ、御僧の御話至極ことわりながら、もはや毒流しも明日の事である。その上に我々しきの賤しい者が申し上げたとて御取り上げもありますまい。この事は先だって御家老たちも諫言せられたれども、御承引《ごしょういん》がなかったと聞いておりますといった。それから私方は御覧の通りの貧乏で、何も差し上げるべき物とてもありませぬ、侘しくともこれを御上り下さいと言って、柏の葉に粟の飯を盛ってその旅僧にもてなしたが、夜明けて僧は深く愁いたる風情にて立ち去り、村ではいよいよ用意の毒類を家々より運んで来て、それを川上の方から流し込む。そうすると無数の魚鼈、死にもやらずふらふらとして浮び出る中に、長さ一丈四五尺の大鰻が一匹出て取られる。その腹が余りに太いので怪《あや》しんで割いて見ると、中には粟の飯がある。昨夜の亭主進み出でて子細を語り、さては坊主に化けたのはこの大鰻であったかということに帰着したのである。

そうしてこの話には更に若干の後日談があった。同じ秋八月二十一日、大地震山崩れがあって会津川の下流を塞ぎ、洪水はたちまち四郡の田園を浸そうとしたのを、蒲生家の長臣町野岡野等、多くの役夫を集めて辛うじてこれを切り開いたが、山崎の湖水はこの時に出来、柳津虚空藏の舞台もこの地震に崩れて落ち、その他塔寺の観音堂も新宮の拝殿もみな倒れ、それから次の年の五月には太守秀行は早死をしてしまった。これ併《しか》しながら河伯龍神の祟りなるべしと、諸人おののき怖れたと記してあるのである。この大事件があってから、話が書物になる迄に百三十年ほど経っている。けれども柳津の御堂は人もよく知る如く、数多《あまた》の遊魚を放生した清き淵に臨んでいる。この寺に参詣して舞台の上から、只見川の流を見下していた人々には、この昔話は思い出す場合が多かった筈である。そうしてまたそれが物哀れに成長して行く機会も、決して乏しくはなかったのである。藤という山里もここからは遠くない。話は恐らくはこの虚空藏菩薩の信仰圏内に於いて発生したものなのである。

東北は一帯に神仏の使令として、氏子が生物を尊信している例が多い。八幡の鳩とか弁天の蛇とかいうのは、他の地方でもしばしばいうことであるが、奥州にはそれ以外にも、いろいろの魚の忌《いみ》がある。虚空藏を社に祀っている二三の村について聞いてみると、信者が一生の間決して食わぬ魚、もし捕えたら必ず境内の池に放す魚は、いずれも鰻であったのは偶然でないようである。江戸で麦飯を振舞われたという大鰻などは、二つとも何でもない男に化けて来ているのだが、あるいはこれが僧であったという方が、形は一つ古いのではあるまいか。最近佐々木喜善君が採集した岩手県の一例は、聴耳草紙という題で昨年九月の「三田評論」に載っているが、これもまた旅僧になっている。盛岡の町から近い滝沢という村で、これも七月盆の頃に、若い者が集まって臼で辛皮を舂いている処へ、一人の汚ない旅僧が来てそれを何にするかと訊いた。細谷地の沼さ持って行って打ってみるというと、悲しそうな顔をして、そうか、その粉で揉まれたら大きな魚も小さいのも、あれなかれみな死ぬべ。小魚などは膳の物にもなるまいし、思い止まりもせといった。若者等は口を揃えて、なにこの乞食坊主が小言をぬかせや。きょうは盆の十三日だ。赤飯をけるからそれでも食らって早く行けというと、旅僧は何もいわずに、その小豆飯を食って立ち去った。それから沼へ辛皮を入れて揉むと、やがて多くの魚が浮いて来て、その中の大きな鰻の、体はごまぼろになっているのが出た。それを捕ってずぶ切りに切って煮ようとすると、腹の中から赤飯が出たので、先刻の旅僧は池の主であったことを知った。というばかりで後の祟りの話のないのは、多分跡を弔うたことを意味するのであろう。これなども結末の方から振り返って見ると、僧宝を敬うべしという教訓が、若者等の反語の中に含まれているような気がする。東北の説話の主要なる運搬者は、ボサマと称する遊行の盲法師であったが、彼等の遺した昔話には、ボサマを軽蔑しまたは虐待して、損をしたという類のものが多かった。彼等は笑ってもそんな話をしゃべり、また真面目にもいろいろの因縁話をしたかと思われる。それから類推して鰻の旅僧の話も、やはりまたそういうきたない旅僧が、折々このあたりをあるいていたことを、暗示するものでないかと私は思っている。

四

美濃恵那郡の川上・付知《つけち》・加子母《かしも》の三ヶ村、また武儀郡板取川の谷などでも、岩魚は坊主に化けて来るものだといっていたそうである。そうして現に化けて来た実例が毎度あった。恵那の山村では山稼ぎの若者ども、あたりの谷川に魚多きを見て、今日は一つ昼休みに毒揉みをして、晩の肴の魚を捕ってやろうと、朝からその支度をしていた。その辺でも辛皮と称して山椒の樹の皮を使うが、これに石灰と木灰とを混じて煎じつめ、小さな団子に丸めて水底に投ずる。わずか二粒か三粒もあれば、淵にいる魚のかぎりはみな死ぬという。ただし小便をしこむとその毒が一時に消えてしまうなどともいっている。さていよいよ用意も整って、一同が集まって中食《ちゅうじき》をしていると、何処からともなく一人の僧がやって来た。御前たちは毒揉みをするらしいが、これは無体《むたい》な事だ。他のことで魚を捕るのはともあれ、毒揉みだけはするものでないと言った。いかにも仰せの通りよくない事かも知れません、以来は止めましょうと挨拶をするとかの坊主、毒揉みばかりは魚としては遁《のが》れようもなく、誠に根絶やしとなる罪の深い所業じゃ。もうふっつりと止めたがよいと、なお念を入れて教訓をするので、連中も少しは薄気味悪くなり、もう慎みましょうといいながら食事をしていたが、その僧は直ぐにも立ち去らず、側にたたずんでいるので、折柄人々団子を食っていたのを、これ参らぬかと進めると旨そうに食べた。それから飯も出し汁も沢山にあるので、汁掛飯にして与えると少し食べにくい様子であったが、残らず食べてしまってそのうちに出て行った。跡で一同顔を見合わせ、あれはどういう人であろう。この山奥は出家の来べき処でない。山の神の御諫めか、または弘法大師ではなかろうか。どうだ、もう毒揉みは止めようではないかという者もあった。しかし気の強い人々は承知せず、山の神や天狗が怖ろしくば、始めから山稼ぎなどはせぬがよいのだ。心の臆した者はどうともせよ。おれたちばかりでやってのけると、屈強の二三名が先に立って、とうとうその日も毒揉みをした。果して獲物の多かった中に、岩魚の大いさ六尺余もあるのがまじっていた。坊主の意見を聴いていたら、このような魚は得られまいなどと、悦んで村へ持ち還って多くの見物の前で、その大魚の料理に取りかかると、こは如何に昼間旅僧に与えた団子を始め、飯などもそのまま岩魚の腹の中から現われた。これには最前の元気な男どもも、流石に気おくれがしてその魚は食わずにしまったそうである。

尾張の旅行家の三好想山は、久しく恵那の山村に在勤していた友人の、中川某からこの話を聞いた。そうしてかねがね岩魚は僧に化けて来るという言い伝えのあるのも、偶然ならざるを知ったと言っている。それから他国をあるいている際には、常に注意して同じ例の、有り無しを尋ねてみたとも記している。ところが文政三年の夏の頃に、信州木曽の奈良井薮原のあたりで、人足の中に岩魚の坊主になって来た咄《はなし》を、知っている者を二人見つけたそうである。これも同じ御嶽山の麓ではあるが、美濃とはちょうど裏表になったこの近くの山川で、やはり毒流しをして大岩魚を捕ったことがあった。一尾は五尺以上、他の一尾は今少し小さくて五尺ほどあったが、腹の中から団子が出て来たそうである。それがその日山中に於いて、見知らぬ坊主に与えた覚えのある団子なので、大いなる不思議に打たれたということであった。みなみな甚だ恐れ候との咄はたしかに承り候得共、我々は少し処ちがい候故、その魚は得見申さず候と謂《い》ったそうである。

勿論これは魚の腹に団子の残っているのを、見たとか見なかったとかの問題ではないのである。我々に取っては三好想山を始めとし、こういう話を聴いてさもありなんと、信じ得た者がどれくらい、またどの時代まであったかが興味ある問題となるのである。今日の生物学を出発点とすれば、人はただ訛言《かげん》造説が世上を走る速力、もしくはこれを移植繁茂せしむべき要件を問うて止むかも知れぬが、我々の自然知識には当初今一つ、別に濃厚緻密にして系統だち且《か》つ頗る誤っていたものがあって、過去の文化はこれに導かれて、ついに今見る如き形態にまで成長していたのであった。それがこういうやや奇なる説話の残片によって、少しずつ元の力の働きを理解させてくれるとすれば、ただ笑ってばかりも聴いているわけには行かない。殊に巨大なる鰻または岩魚が、時々は人に化けて来るという信仰が前からあって、それが腹中に小豆飯団子を見出したという珍聞を、他のいろいろの不思議話よりもより多く信じ易いものとしたということは、日本人に取っては好箇《こうこ》の記念である。異魚の奇端を実験したように考える者は、必ず始め洋海のほとりに住み、または大湖の岸に往来していた種族でなければならぬが、それが山深く分け入って細谷川の水源に近く、いわゆる壺中の天地に安居して後までも、なお六尺の岩魚や一丈有半の鰻を、夢幻の中に記憶していたということは、意味の深い現象といってよいのである。仏教が公式に輸入せられ、その几上の研究がこれほどまで進んでいても、なお日本の島にはこの島らしい仏教のみが発達した。あらゆる経典のどの個条でも、説明することの出来なかった地蔵や閻魔や馬頭観音、さては弘法大師の村巡りという類の特殊なる言い伝えが、実は多数民衆の信仰の根を固めていた。だから私などは世のいわゆる伝播論者のように、単なる二種族の接触によって、直ちに一方の持つものを他の一方に持ち運び得たと、解することを躊躇するのである。この点に関しては、説話と伝説との分界を、明らかにすることが殊に必要である。説話は文芸だから面白ければ学びもし真似もしよう。伝説に至っては兎に角に信仰である。万人が悉く欺かれまたは強いられて、古きを棄てて新しきに移ったとは思えぬ。外国の教法がこの土に根づくために、多くの養分日光をここで摂取した如く、伝説もまたこれを受け容れて支持する力が、最初から内にあったが故に、これだけの発展を遂げることが可能であったかも知れぬのである。

五

ただし国民としてそれをどの程度までに意識していたかは、また別箇の問題に属する。自分等だけでは全く新しい出来事かと思い、あるいは極端な場合にはウソをつく積りで話された話でも、それが偶然に国民のかねて信ぜんと欲した条件に合致すれば、意外な力を以て保存せられ、伝承せられる例はいつの世にもある。誰がしたとも知れぬ伝説の部分的改訂、風土と歴史に調和させようとする新しい衣裳づけ、それからまたアタビズムに類した各地方の分布状態なども、いずれもこの隠れたる我々の趣味傾向、もしくは鑑別標準とも名づくべきものを認めなければ、これを解説することが恐らくは出来なかったのである。殊に物語を昔々のその昔の、物蔭多き暁闇の中に留め置かずして、強いて暴露の危険ある我々の眼前まで、持って出て楽しもうとした態度に至っては、これを国柄とまでは言うことが出来ずとも、少なくとも近世日本の一つの時代風であった。支那はどうあるか知らぬが、他の多くの文明民族には、そういう例はありそうにも思われない。前に引用した木曽と恵那との岩魚なども、現にただ一人を仲に置いて、ともに山で働いていた者の集まり見た話になっているが、次に述べようと思う山口県豊浦郡滝部村の一例の如きも、またつい近頃の事件のように伝えられているのである。滝部では一夏非情な大旱魃《かんばつ》があって、村を流れる粟野川の骨ヶ淵の水を、いよいよしゃくって田に入れるということに評議一決し、村民総がかりになって汲み上げていると、やはり中食の時に一人の見知らぬ坊主が遣って来て、どうか頼むから淵の水をかい出すのを止めてくれと言った。必死の場合だから一同はうんとはいわなかったが、その中の一人が弁当の小豆飯を分けて与えると、僧は黙ってそれを食べてしまうと、突如として骨ヶ淵の水中に飛び込んで見えなくなった。不思議に思いつつもなお水を汲んで行くと、おいおいに沢山の川魚が採れたが、坊主の姿はどうしても見付からず、後にその魚類を片端から料理して行くうちに、一番大きな怖ろしい鰻があって、その腹を割いてみると先刻の小豆飯が現われた。この鰻もまた淵の主が化けて出て来たのであったことが、これで明らかになったと謂っている。

鰻は他の民族にも気味悪がってこれを食わぬ習わしが多い。最近耳にした例は台湾紅頭嶼《こうとうしょ》の島民であるが、単にその形のぬらぬらと長いためばかりでなく、別にその習性に対する精微なる観察が、何か容易ならぬ俗信を発生せしめているらしく感ぜられるが、まだ確実でないかぎりは、それを説いて蒲焼屋の怨みを買うにも当らない。日本では盛んに食っているにもかかわらず、群の中のすぐれたるただ一つだけは、霊物としてしばしばその奇瑞《きずい》を説かれていた。神が鰻に騎して年に一度来往したまう話なども、豊後の由布院《ゆふのいん》には伝わっている。あるいは年功を経た大鰻のみは、耳を生じているということもよく聞くが、それは生物学上に説明し得ることであろうかどうか。久しく日本に駐まって学問をしたニコライ・ネフスキイ君は、かつて南海の諸島を歴遊して後に、こんな意見を発表した。曰く支那では虹を蛇の属に入れているが、日本各地の虹の語音は最も鰻に近い。例えば羽後の一部では虹をノギ、琉球の諸島も中央部のヌーヂ・ノージから、端々に向えばノーギ、ノーキ又はモーギ等になっていて、鰻を意味するウナジ・ウナギと似ている。蛇も本土の古語にはノロシ、ナフサがあるから、二者はもと差別しなかったのかも知らぬが、兎に角に水底の霊恠《れいかい》のヌシという語を以て呼ばるるものが、蛇とよく似たまた別種の大動物と想像せられていたのは、少なくとも基くところは鰻であったろうというのである。アナゴとウナギの本来は一語であったことだけはなる程もう誰にも承認せられる。宮城県の一部には鱧《はも》をアナゴ、穴子をハモという海岸があることは私も知っている。何にもせよNとGとの子音を用いて、表示しなければならぬ水中の霊物があったことは、我々がまだ池沼の岸を耕さず、山川の淵の上に家居せざる前から、すでにこの世には知られていたので、それが坊主になって近頃また出て来たのである。

岩魚は鰻とは違って必ずしも薄暗い淵の底にのみは居らず、時あって浅瀬にも姿を現わすであろうが、その代りには挙動の猛烈さ、殊に老魚の眼の光の凄さを認められていた。鳥や獣に比べると成長したものの形に、非常な大小の差のあることが、恐らく魚の親方の特に畏敬せられた理由かと思うが、よくよくの場合でないとそういう偉大なものの目に触れることはないために、これも常には深い淵の底に、一種の竜宮を構えているものと考えたのであろう。水の神の信仰の基調をなしたものは怖畏である。人は泉の恵沢を解する前、すでに久しくその災害を体験していた。水の災いの最初のものは略奪であって、なかんずく、物の命の失われた場合に、その事件の場処近く姿を見せた動物を、あらゆる水の威力の当体と信じたのではなかろうか。兎に角に古く我々が畏れまた拝んだのは、水その物ではなく水の中の何物かであり、それがまた常に見る一類の動物の、想像し得る限りの大いなるもの、または強力なるものであったのである。岩魚とよく似た川魚で恠《かい》をなすものを、紀州などではコサメといっている。大蛇で知られた日高川の水域にも、コサメが僧になった話が幾つもあったが、生憎その参考書を人に借りられて引くことが出来ぬ。紀ノ川支流の一たる野上川の落合に近く、また同類の話があってこれは鯉であった。前の半分は会津只見川の昔語に近く、ただその期日が一方は盆であり、これは五月の節供《せっく》であった。紀州の殿様が端午の日に、大川狩をしようと企てたところ、前の晩の夜更けて、その奉行の宿へ、白衣の一老翁あって訪《おとな》い来ると言っている。私は山崎の淵の主であります。この度の御漁には所詮殿様の網は免れ難い。願わくば一族の小魚を助けたまえと謂った。何故に夜の内に遠く遁《のが》れて、この厄難を避けぬのかと問うと、私が遁れると外の小魚がみな捕われるからと答えたというのは、早くも近世道義律の潤色を帯びているのである。しかし相手の奉行のみは依然として古風に、別れに臨んでボロソ餅という団子を食わしめて帰している。ボロソはこの辺の五月節供の晴の食物で、小麦を粒のままに交えた特色ある団子であった。翌日の川狩には果して一尾の小魚もかからなかったが、最後に野上川の山崎の淵に於いて、長さ六尺にも余る大鯉を獲て、試みに体内を検すれば昨夜のボロソ餅が出て来たという。これは城龍吉氏の報告によって知ったのであるが、今でも淵の上の小倉という村に、鯉の森と称する小さな社がある。当時、この奇怪に感動した人々が、鯉を葬って供養した遺跡というそうで、即ちこれなどは明白に一つの伝説となって保存せられているのである。

六

最初に掲げた江戸の二つの話では、簡単に麦飯と片づけられているが、これはもと必ずしも魚とその化けた人との合致を、立証する材料として借りられたものではなかった。団子や小豆飯等の変った食物を調製し、集まってそれを食う式日、即ち古く節供と称する改まった日でなければ、こういう大切な事件は起ることがないように、昔の人が考えていた名残でもあれば、同時にまたその日の晴の膳に向う度ごとに、一年に一度は想い起す機会があったことを意味するのでもあるが、その事を説こうとすると余りに長くなる。ただ一点だけこれに伴なって述べたいことは、過去の記念物に対する我々の祖先の、敬虔なる態度である。彼等がウソを構え出すに巧みであり、且つまたこれを守持するに頑強であったような誤解は、不幸にして主としてこれに基いているのであった。古人は性霊の大いなる刺衝《ししょう》に遭うごとに、文士を傭《やと》ってこれを金石に勒《ろく》せしむるが如き技術は知らなかった。だから一家一郷のあいだに於いても、永く保存し得る場処または地物を指定して、日を期し相会して当時を追念し、さらに感激を新たにしたのであった。これが祭と名づくる公けの行為の、根源をなすものと私などは信じている。少なくとも我々の霊地はそれぞれの伝説を持ち、また伝説のあるということが霊地の条件であった。しかるに人生は決して平和なる親子孫曾孫の引き続きでなかった。飢饉や動乱のあいだには記憶はしばしば絶え、独り外形の最も貴げなる遺蹟のみが、累々として空しく里閭《りりょ》に満ちたのであった。新たなる伝説の来ってこれに拠らんとすることは自然である。しかも世上には職業としてこれを運ぶ者が、昔は今よりも遥かに多かったのである。巫覡《ふげき》遊行僧の妄談は必ずしもすべて信ぜられはしない。土地に住む人たちが周囲の事情、殊に内心の表示し得ない感覚によって、受持しまた信頼すべしとするもののみが、再び根を下し蔓をからみ、花咲き茂ることになったのである。我々の語り物の沿革は、文字に現われた部分だけは、いわゆる国文学の先生も知っている。以前はこの資料が概して単純であり、土地で養われた知識経験が、ただ無意識に組み合わされて出ただけであったが、後次第にその供給の源が複雑となって、その大部分はこれを昔通りの伝説として、乾いた海綿の水を吸うように、受け取ることが出来なくなった。しかし根本の需要はもと欠乏の補充にあったが故に、永いあいだには比較的残り易いものが残ったのである。一旦京を通って来た外国の文学が、仮に一隅に於いて再び伝説となって信ぜられていようとも、それを以て直ちに上古諸種族の親近を証明することが出来ぬのは勿論だが、さりとてただ偶然の誤謬《ごびゅう》とばかりも解することは許されぬ。恐らくはこれもまた磁石と鉄との関係であって、種は外から来ても牽《ひ》く力はかねて内に潜んでいたのである。そうでないか否かを検するために、少なくとも話を日本人にわかり易く、また覚え易くした手順を究めて見る必要がある。いわゆる要点の比較だけによって、無造作に説話の一致を説くことの、徒らに大きな混迷の渦巻を起すに過ぎなかったことは、我々はすでに例の羽衣式、また三輪式伝説などの研究と称するものによって、経験させられているのである。

中古以来の輸入説話にして、まだ最初の衣裳を脱ぎ尽していないために、この国へ来てからの変化の痕の、幾分か尋ね易いものもだんだんある。東北地方に行われている蠶神《かいこがみ》の由来、名馬と美姫とが婚姻して天に昇ったというのもそれかと思っているが、この大魚の飯を食ったという話などもそれに近い。これを土地に適用している昔からの約束と繋ぎ合せ、幽かに遺った住民の感覚と、相反発せぬものに引き直して行くことは、随分と面倒な仕事であったろうと思うが、幸いに聴衆の多数が大まかであったために、初期の欧羅巴《ヨーロッパ》の耶蘇教徒はそれに成功し、日本でも田舎巡りの布教僧たちは、古くは曼陀羅や三十番神の思想により、近くはまた物々しい縁起の漢文などを以て、どうにかこうにか目的を達していた。今の人の目から見るとおかしな事も多い。本地物などと謂ったのは、途方もない外国風の奇談を述べたて、末にただ一句この人後に何々明神となる、実は何如来の化身であって、衆生に物の哀れ世の理を示したまうべく、仮の姿を見せられたなどと謂っている。そんなことでも一応はまず済んだのである。その代りには永くは栄えなかった。やがて忘れられまたはただの昔話に化し、あるいはえせ文人の小説の趣向になった。しかしこうしているうちにも、少しずつ沈澱してこの島の土に混じ、分つべからざるに至ったものもあった筈で、私がこれからなおいろいろの諸国の例を集めてみようとしているのも、目的は結局なにが残り、なにが国風と調和せずして、消え去るべき運命をもっていたかを知りたいからである。

例えば三河の宝飯郡《ほいぐん》長沢村の泉龍院の鰻塚、昔大鰻が僧に化けて来て、田村将軍に射殺された。その屍を埋めたという伝えになっている。腹から飯が出て来たという話はもう落ちているが、その後この沼の水を汲む者が、みな疫病になったとも称して、鰻を殺したのが悔《く》ゆべき所業であったことだけは察せられる。毒蛇退治の他の多くの物語と同じく、それが追々と英雄及び霊仏の功績の方に移って来たのである。実際飯を魚腹に探るの一条などは、後の耽奇《たんき》派には何でもないことだが、昔の常の人の想像力には、やや荷が勝ち過ぎていたのである。次には下総銚子の白紙明神の由来譚にある鮭と蕎麦、これは同僚鈴木文四郎君などが詳しく知っているが、単に一個の長者没落物語の、前景を作るために利用せられていた。今の松岸の煙花巷に近く、昔は垣根の長者という宏大なる富豪が住んでいた。利根の流れに梁を打って、鮭を漁してこのような長者にはなったのである。ある日一人の旅僧来って、殺生の業報を説いて諫めたけれども、それを聴かずして蕎麦を食わせて帰した。これも後に大いなる鮭の魚を獲て、腹を開けば即ち蕎麦が出たというのである。長者最愛の一人娘延命姫、その祟りを受けて生まれながらにして白髪であった。折ふしこの土地に流寓していた安倍晴明を恋い慕うとあって、日高川と同系の話が伝わっている。晴明は姫を欺いて、帯掛の松に帯を解きかけ、何とかの浜に下駄を脱ぎおき、身を投げた如く装って遠く遁れた。姫はその跡を逐《お》い歎き悲しんで海に入り、その亡骸が漂ってこの磯辺に上ったというのである。これだけの細かなまた美しい哀話が、かつて一たび遊女の扇拍子に乗ったものでないということは、恐らくは一人もこれを断言し得る者はあるまい。しかもその結構には右の如く、彼等の与《あず》かり知らざる由緒があったのである。だから私どもは、記録を超脱している民間口承の文芸にも、やはり後ついに尋ね究め得べき興味深き沿革あることを信じているのである。もっと率直にいうならば、今日残っているだけのわずかなテキストに基いて、一国の文学史を説こうとする人の迂拙《うせつ》を嘲《あざ》けるのである。

七

話が長くなり過ぎたから議論の方を省略する。私の説いて見たかった一事は、一国民の文芸技術が、終始書巻の外に於いて成育しつつあったということである。本はただ単なる記録者に過ぎなかったということである。これより以上に昔を問う途のなかった場合にかぎって、始めて助力をこれに求むべしということである。ハナシという日本語は古い字引の中には見つからない。これは語りごとの様式方法の、今は昔と大いに異なっていることを意味するかと思う。そうして軍陣羈旅の殊に盛んであった時代になって、咄の衆なる者は世に現われて活躍したのである。咄または噺という文字が新案せられ、この語のしきりに用いられたのが、ハナシの技術の急に進化した時代と見てよかろう。技術は進んでも内容はもと外部からの、自然の供給に仰がなければならなかった。即ち話は上手になっても話の種は乏しかった。そこで近代の話し家同様の、いとも熱心なる捜索と、やや無理なる変形とが始まったのである。いわゆる武辺咄《ぶへんばなし》の流行がほぼ下火になると、御伽這子《おとぎぼうこ》一流の新渡《しんど》小説の焼き直しが始まっている。ウソにもまた一種の社会需要があった。世間話の種の常に欠乏して、目先を変えるために伝説縁起の境まで、あさり歩かなければならなかったのは、驚くべく幸福なる太平無事ではあったが、聴く者の側からいうと、自分等の生活慣習とは打ち合わない、翻案の痕の生々しいものよりは遥かによかった。昔の読者は少なくとも自主であった。少なくとも今よりはナショナルであった。作者は努めてこの要求に追随していたことは、曽我が三百年ものあいだ、毎年初春の芝居であったのを見てもわかる。

以前京都の地に今日の東京の如く、話の問屋のあったことは大よそ疑いのない証拠がある。自分等のゆかしく思うのは、彼処の番頭等の見本鑑定眼、それを全国的に捌いて行く品柄見立ての腕前であった。那津《なのつ》堺津の貿易の頃から、外国の文芸の次々に船載せられたことは、事情もこれを推測せしめ、痕跡も顕著に残っている。それを我々国民が手伝ってやって、今では立派な国産品にしたのである。私は魚が僧になって来て飯を食った話の、必ずもと輸入であることを信じて、今でもいろいろの方面を捜している。「法苑珠林」などは索引がないために、ありそうに見えてまだ資料を見つけない。南方熊楠氏のような記憶のよい人に助けて貰うの他はないと思っている。しかし「太平広記」の中には少なくとも二つの例があった。次に引いておくものが即ちそれである。その一つは同書巻四百六十九に、「広古今五行記」を引いてこう記している。ただし私の持つ本は新刻の悪本であるが、大要だけは多分ちがうまい。曰く晋安郡の民、渓を断じて魚を取る。たちまち一人の白袷黄練の単衣を着て来り詣るあり。即ち飲饌を同じくす。饌し畢《おわ》りて語りて曰《い》う。明日魚を取るに、まさに大魚の甚だ異なるが最も前にあるを見ん。慎みて殺す勿《なか》れと。明日果して大魚あり。長七八丈（尺？）、逕《ただ》ちに来りて網を衝《つ》く。その人即ちこれを刻（？）殺す。腹を破きて見るに、食うところの飯ことごとくあり。その人の家死亡してほぼ尽くとある。その二も同書同巻に「朝野僉載《ちょうやせんさい》」を引いて、唐の齋州に萬頃陂という処あり。魚鼈水族あらざるところ無し。感亨中たちまち一僧の鉢を持して村人に乞食するあり。長者施すに蔬供《そきょう》を以てす。食し訖《おわ》って去る。時に漁網して一魚を得たり。長六七尺。緝鱗鏤甲錦質宝章あって、特に常の魚に異なれり。齎《もたら》して州に赴きて餉遺《しょうい》せんと欲するに村に至りて死す。共に剖《さ》いてこれをわかつに、腹中に於いて長者施すところの蔬供を得たり。厳然として並びにあり。村人ついに陂中に於いて齋を設け過度（?）す。これより陂中に水族なし。今に至ってなお然りとある。

この話が直接に日本へ移植せられた元の種でないことは想像し得られる。そうして現にまた二国以外の民族のあいだにも行われているのである。何か総論の書で頭を養われた人は、必ず待ちかねていたようにして、源は印度といわんとすることであろう。勿論それもまた決して不自然なる推量ではなかった。何にしてもこういう現実に遠い話は、非常に古く始まり且つひろく旅行をしていたものと見なければ、第一に人の信じたことを説明し得ないのである。しかも果して天竺の雲の彼方より、漂泊してここに到ったものと仮定すれば、さらに日本以外の古い一国に於いても、人に説話を伝説化せしめんとする傾向あり、珍聞を我地に固着させ、努めてこれを信じ易い形にして信じようとする無意識の希望があったことを、明瞭にした結果になって面白いのである。我々の昔話は信じ得ないのを一つの特徴にしている。ウソの最も奔放なるものならんことを、むしろ要求さえしたのである。それが流伝のあいだに何度となく、伝説を欲する人々、即ち郷土を由緒あるものにしたい念慮ある者に執《と》らえられて、あたかも歴史の一部を構成するかの如く、取り扱われようとしていたのは奇異であるまいか。これをしも旅の芸術家の説話の妙に帰して、土人はただ均しくこれに欺かれ了《おわ》りたるものと解する説には、自分一人は断固として与しない。発育する者には食物の自然の要求がある。そうして教えられずして養分のいずれにあるかを知っている。国土山川は広く連なり、浮説は数かぎりもなくその上を去来していた中に、独りそのある一つがこうしてある一処と結合したというのには、もっと特別な原因がなくてはならぬ。古人はこれを察してしかも名づくるの途を知らず、ただ漫然として因縁と称していた。我々の新たなる学問は是非ともその因縁を精確にすべきである。魚の人間に化けて飯を食った話は、またサンチーヴの聖母論（Les Vierges Mères et les Naissances Miraculeuses ; Saintives ; P. 116）にも一つ出ていることを、近頃松本信広君によって注意せられた。ランドの安南説話伝説集（一八八六年）に、昔一人あり児なし。ある大川の落合に棲む鰻魚を捕りて食わんとす。そこに来合せたる僧あって、切に助命を乞うも肯《がえん》ぜず。去るに臨んで仏法の式によって調理せられた無鹽の蔬食を供した。後にいよいよこの流れに毒揉みをしてその大魚を捕殺し、腹を割いて見たところが、前に法師に供したる食物がそのままにあったので、僧は即ち鰻の仮形なることを知ったという。しかもこの男が鰻を食って程なく、妻身ごもりて男児を産み、それが彼の家の没落の原因となったことは、下総銚子の垣根長者と同じであって、人はこれを鰻の亡霊の報讎《ほうしゅう》に出でたものと認めたといっている。鰻の精分と生誕との関係、殊にこの魚の形態が男子のある生理機関を連想せしめることが、果して最初からのこの話の本意であったかどうか。この問題を外国の学者とともに論ぜんことは、到底私などの趣味ではない。ここには単に我々の捜索が、まだまだ進んでより古き民族に及び得ること、そうして必ずしも一つの大陸のあいだにはかぎらず、あるいはなお遠く洋海の地平の外まで、分布していないとは極められぬことを説きたいのである。日本だけでさえもここにははや十に近い変化が算《かぞ》え得られた。今後さらに頻々たる類例の発見に逢っても、なお最初の一定説を固守するまでに、西洋の学者は普通には頑陋《がんろう》ではない。それ故にその学説の早期の受売りは日本のために有害である。我々はその前に先ず十分に、自分の中の事実を知るべきである。

赤道祭

火《ひ》野《の》葦《あし》平《へい》

海妖

約束の時間がきても、予定の人数がなかなか揃わないので、集まった者だけで、すでに宴ははじめられていた。つよい泡盛でもうどの顔も赤い。「翠麗《すいれい》」の二階座敷である。

琉球料理ははじめての者ばかりなので、大川博士も、久保木雪雄も藤川第四郎も、一品出てくるたびに、珍らしそうに、

「これは、なんですか」

と玉城満吉《たまぐすくまんきち》に、きく。

「これはラフテーといいます。豚の王様ですな。沖縄料理は豚が多いですよ。これはまあ手のこんだ料理のうちで、即席ではできません。豚のロース、またはサンマイ肉を五六十匁《もんめ》、角切りにして三日間もかつおぶしのダシで煮るんです。とろ火でないといけません。それに、ミリン、醤油、砂糖を入れて、味をつけます。そうすると、豚肉でありながら油気がなくなって、老若男女、万人むきになりますね」

「とても、おいしいもんですな」

「風味がよろしいでしょう」

そこへ、若い仲居が次の料理をはこんできた。広袖に、前帯《まえおび》、頭髪も真結《まゆい》にして、琉装をしている。沖縄の女らしい。

「まだ、鶴《つる》も、美都《みと》も、来んかね」

と、玉城満吉は不審そうに、きいた。

「はい、まだですが……」

「おかしいな。……もう一度電話してみよう。……ちょっと、お客さん、失礼します」

「どうぞ」

満吉が巨躯をゆするようにして出て行くと、大川助教授が、

「今日は料理よりももっと、御馳走があるらしいぞ。琉球美人を紹介するというんだよ。すばらしい美人らしい」

「ありがた迷惑ですな」

久保木はつまらなそうにいって、くすんと、小鼻を鳴らした。

「そうかね。……そうでもあるまい」

「美人を見せようというのは、どういう趣味ですかね」

「慈善事業だろうよ」

「おめぐみなどうけたくないな」

「といっていて、きっと涎《よだれ》をたらすんだろう」

大学のなかにもふだんはそれと表面化されないが、妙な流派のようないくつかの条《すじ》があって、暖流、寒流、黒潮、のような作用をしていた、近づいている学術会議員の改選という棒杭によって、この底流がかきまわされる気配を示すと、それがいろいろな形で頭をあらわすのである。

久保木雪雄は、動物学の川崎博士がまるで不世出の天才のように推奨しているので、漠然と川崎派と思われていた。それで、今日、川崎教授が急に静岡の方に、「ブリの人相をしらべるため」出張して不参となったので、久保木はどこか居心地がわるそうで、機嫌ななめだった。

「玉城さんのお座敷は、こちらでしょうか?」

襖のそとで、若い女の声がした。

「はい、こちらです。どなた?」

その仲居の問いに、

「美登です」

「どうぞ。旦那がお待ちかねでしたわ」

襖があいて、断髪、洋装の若い女がはいってきた。

玉城満吉が紹介するといった琉球美人の一人であろうが、期待していたような異国調《エキゾチシズム》がすこしもないので、客たちはいくらか張りあいぬけがしたようだった。しかし、映画女優のたれかを思わせるような、眼をみはるに足る美人である。快活らしく、ひどく態度がきびきびしていた。蓮っ葉と思われるほどである。丸顔に活を入れるような大きな眼がくるくると間断なく活動する。煙草好きということは黄色くなった指と歯でわかり、身体からもニコチンのにおいが立っていた。

「失礼します」と、部屋の一隅に坐って、「玉城さんは?」

「あなたがたがおそいので、電話をかけにいらしたわ」

そこへ、どすどすと廊下を鳴らして満吉がかえってきた。

「おそくなりましてすみません」

「時間の観念がないな。お客さんよりあとになるなんて、失礼じゃないか。あんまりおそいんでいま電話をかけたんだ。そしたら、鶴は、早く出たというんだ。一緒じゃなかったのかい?」

「それがいっしょに参るつもりだったので、あたくしもおそくなりましたのです。一丁目のアイオイ喫茶店で五時に落ちあって、揃って行くという約束してましたの。そしたら、いつまで待っても鶴さんが来ないもんで、あたくし、しびれを切らしてひとりで、うかがいましたのです。ひょっとしたら、先に来なさってるかと思いましたのですけど……」

「おかしいな。どんなにゆっくりしたってもう来ん時刻じゃない。……途中でなにか事故でもあったかな?」

「そのうち参りますでしょう」と、仲居が、「さあ、美登さん、お客さんの御相手してください」

「この娘《こ》、比嘉《ひが》美登《みと》といいます」

満吉は不機嫌そうに紹介した。彼の眼目はもう一人の鶴という女の方にあるらしい。

客たちもそれぞれ名乗って、宴がつづけられた。

「これ、何です？」

と、また新しく出てきた料理を珍らしげにのぞいて、久保木雪雄がきく。

「これは豚の耳です」

「耳？　へぇェ」

「耳皮《ミミガー》のサシミです。沖縄料理独特のものですな。豚の耳を熱湯に入れて毛をむしってから、ヌカかオカラかでゆでるんです。そうすると、豚の臭味がとれます。そして、こういう風にうすく切って、ふぐ作りにして酢味噌で食べるんです」

それから、ナカミノウシイムンという豚の臓物をつかった吸物が出た。これにはフィファチという琉球胡椒をふりかける。八重山の石垣にからみつく蔦胡椒の実をすりつぶしたものという。

「この吸物には、本夜はとくに、豚の局所がつかってあるんですよ。ホルモン料理ですから」

三人の客が一様に妙な顔をするのを見て、玉城満吉はしてやったりというように巨躯をゆるがして大笑した。

天井には中心部に琉装をした女の等身大の日本画がはめこまれてある。畳に横たわって酔眼で見れば、その美しい女といっしょに寝ているような錯覚をおこす仕掛けらしい。階段のつきあたりには眼のあるヤンバル船をかいた絵があり、いたるところに琉球情緒をあらわす心づかいがしてある。

琉装をしている仲居も、ときどき、

「クース、ウサガミ、ソーレー」

と、沖縄語で酒をすすめる。クースは古酒、泡盛をめしあがりください、といっているのである。

時間がながれる。

「いま琉球はどうなっているんですか」

と、大川博士がきいた。

「妙な風になっていますよ。政府が四つあるんです。那覇、首里を中心にした沖縄群島政府、八重山群島政府、宮古群島政府、それに、大島群島政府、これでは困ることがあるんで、統一した中央政府をつくらねばいかん、ということになっています。近いうちにそうなりましょう。もっとも、農林省、貿易庁、郵便局、琉球銀行、などは統一されていますが。……わたしは近く漁区のことでちょっと琉球へかえって来ようと思っていますが、いま、あなたがたが琉球に行くと第三国人あつかいされますよ。ジャポニーか、といって」

「ふうん、変ったものだな」

久保木は心外にたえぬ面持である。なにか心内にわだかまりのあるもののように、彼は相当泡盛をのんだのに、酔っている様子がない。顔は赤くなっているが、意地のわるそうな眼はいよいよけんをふくんで、座の者を睥睨《へいげい》している。

玉城満吉も、苦笑しながら、

「政党も四つあるんです。むろん内地の政党とは全然関係がありません。社会党、共和党、社会大衆党、人民党、それぞれ自説をひっさげて、沖縄の帰属問題などについて論戦していますよ。わたしはまあ知事派といわれていた社大党にいちばん関係がありますが……」

「琉球には行けるんですか」

それまでほとんど口をきかずにいた第四郎が、眼をかがやかせてきいた。身体を乗りだしていどみかかるような姿勢である。

「簡単には行けませんな。……あなた、行きたいですか」

「行きたいです」

「なにをしに?」

「琉球の海にもぐってみたいんです」

「へえ、海が好きですか」

「好きです」

「玉城さん」と、大川博士が、「この藤川第四郎君というのはもぐりの名人なんですよ。海の英雄といってもいいですな。あなたにはかなわんかもしれんが、よい勝負かも知れん。一度たたかってみませんか」

「たたこうてもええですな」

この二人の海の豪傑は、近い日の闘争と冒険との出発をこの夜したといってよかった。

「これは、なんです?」

好奇心にあふれる久保木は、また新しい料理のことをきく。

「豚の四ツ脚です。アシウティビチといいます」

「豚ばかりですな」

「そう、豚がほとんどですね。これは……」と、満吉はまたその作りかたをひととおり説明してから、「ここではだいたい、いろいろな沖縄料理ができますが、まことに残念ながら、たった一つ、ぜひあなたがたに賞味していただきたくて、できないものがあるんです」

「それも豚ですか」

「いいえ、エラブ・ウナギです」

「ほう」と、大川博士が、「琉球でもウナギ料理があるんですかね。エラブ・ウナギというのはどんなウナギです」

ウナギときいて、第四郎の眼がまた光りはじめた。ウナギのように首と身体がのびあがる。

玉城満吉は困ったように笑いだして、

「ウナギといっていますけど、まあ、蛇ですな、海蛇です」

「日本のウナギとは全然別ですか」

「別ですね。長いところだけは似ていますが、純然たる蛇です。青ガラスのようなきれいな蛇で、ぺろぺろと舌を出します。夜、燈火でよせて取るんです。それを燻製《くんせい》にしておいて吸物にするんですが、ぎたぎたと濃い脂がわいて、たいへんなホルモン剤ですよ」


頭はぐりぐり坊主で、太い毛虫がくっついたようなまっ黒い二つの眉が、一直線にそびえている。どうもそれはほっておけば一つにつづいてしまうのを、眉間だけ剃ってあるらしい。骨ばった六角形の顔は濃い髯のそりあとで青黒い。海にきたえてきた歴史が、その剽悍《ひょうかん》な眼にも、筋くれだった手にも、明瞭である。今日は客を招待する主人として、紋付羽織に袴などをはいているが、玉城満吉がもっとも精彩をはなつのは、フカとたたかうために、褌ひとつになって、右手に戈《ほこ》をしごきながら、海をにらんでいる裸身の姿であろう。そして今は、十数隻の船を持つ漁師の大親分となっているが、豚料理、エラブ料理などの強力なホルモン剤で、その全身に精力がみなぎりたぎっているにちがいない。彼が見せるといった二人の琉球美人は、彼の妾でもあろうか。美登だけ来て、鶴という方はまだあらわれないが、その方が美登よりも美人のようである。両手に花を擁するこの海の豪傑は、いまやこの世になにものもおそれるものはないような、放胆で不敵な態度であった。

しかし、第四郎はまたも不可解な予感に動悸を高鳴らせていた。

（おれのさがしもとめている人魚というのが、この玉城満吉がいま待っている、鶴という女ではないであろうか？）

すると、もう第四郎の頭に、それは霹靂《へきれき》ではなくて自然の順序のように思われてくるのだった。そして、

（きっと、そうだ）

第四郎は確固としたものをつかんだようにひとりうなずくのである。

「日本にいると同じウナギは、琉球にはいないのですか？」

「いるにはいるんですが、沖縄料理にはつかいませんね。那覇にいた内地人のウナギ料理屋がやはりこちらと同じカバヤキにしていました。でも日本ウナギの脂肪分とホルモンとは、到底エラブ・ウナギの敵ではありませんな」

「海蛇には勝てませんかな？」

大川博士がそういったのでみんな笑ったが、第四郎だけは異様な渋面をつくっていて眉ひとつうごかさなかった。きっと唇をむすんで、玉城満吉の顔を凝視している。

「でも……」と、大川博士はすこし酔顔になっていて、なにかうっとりした表情で、「日本ウナギがエラブ・ウナギよりも化《ば》けものである点では、負けないかも知れませんよ」

「化けもの？」満吉はびっくりしたように、「ウナギが化けものですか？」

「ええ、たいへんな化けものです。海の妖怪といってもいいですな」

「ほう」

満吉には意味がわからぬらしい。

「私たち専門に魚を研究している科学者も、この海の化けものだけにはまったく兜《かぶと》をぬいでいるんです。……兜をぬごうとしないのはこの藤川第四郎君くらいのものです」

「だってウナギは川のものでしょう？」

「とれるのは川ですが、まあ、私たち学者はウナギを海のものと考えています。ウナギが川に来てからはいっこう化けものでもなんでもなくなるんですが、海にいる間というものはとてつもない妖怪《ようかい》変化《へんげ》ですよ」

「なるほど」

と、満吉はうなずいたが、なにかからかわれているみたいな当惑した表情である。でも相手が理学博士で、人をかつぐような大川助教授ではないので、抗弁することもできずにいる様子だった。

「先生」と、これも怪訝《けげん》そうに比嘉美登が細くうつくしい眉をよせて、

「どういうところが、ウナギの化けもののところですの？」

「あなたはウナギをお食べになったことがありますか？」

「カバヤキ、大好きですわ」

「ウナギ釣りをしたことは？」

「それも好きですの。あたしお転婆で、よく父につれられて、方々の川にウナギとりに参りました」

「それでは、これまでよく熟した卵をもっているウナギを見たことがありますか？」

「さあ」と、考えて
「そうですわね、そういえばそんな卵もったウナギ、いなかったかしら？　……」

「多分いなかったでしょう。魚には腹に熟卵をもっているのが多いでしょう。その卵がまたおいしくて、卵だけをとりだして食べるのもありますね、ニシンやタラみたいに」

「ええ」

「でもきっとあなたはそれと似た、産む直前の卵をもったウナギを見たことも食べたこともないにちがいない。それは当然です。あなたばかりではない。日本歴史はじまって以来現在にいたるまで、日本人でたれ一人として、熟卵をもっているウナギを見た者がないのだから……」

「でも」玉城満吉はとても信じられないというように、

「方々でウナギの養殖をやっているではありませんか。卵がなかったら養殖はできないわけでしょう？」

「あれはただ小さいウナギをつかまえて、太らせているだけです。養育といった方がいいですな」

「そんなら、そのウナギの仔《こ》というのはどこから来るんです?」

「それがわからないから、化けものというんですよ。あんなに、毎年、何十万、何百万というウナギがとれるのに、それがどこで生まれて、どこからやってくるのか、全然わからない。これは怪談でしょう?」

「そんなことくらい、まだ研究ができていないんですかね?」

いまだにウナギの産卵場くらいがわかっていないなんて、学者はなにをしているんだ——と、いうような表情を、玉城満吉はちょっとした。

「そんなことくらいなんて、あなたは簡単にいうが」と、大川博士は笑って、「この、藤川第四郎君はこのことに一生を賭けようとしているんですよ。これまでだって、日本ウナギの産卵場を知るために、多くの科学者が苦心惨憺して、とうとうわからずじまい、一生を棒にふってしまった人もあるんです。現在でもなおこれをやろうという人がないでもないけど、もう匙を投げた形ですな。兜をぬいだんです。……藤川君だけはどうしても兜をぬごうとせんが……」

「全然、見当もつかないのですか?」

「そうですね、……ウナギについては藤川君の方が私たちより深く研究していますが、……まあ、だいたいの見当がついていないこともないんです」

「どの方面です?」

「フィリピン群島付近の深海か、……あるいはもっと遠く、オーストラリヤの近海か、……」

玉城満吉はどんぐり眼をむいて、

「そんな太平洋の方までも？　日本のウナギが？　……」

「どうもそうらしいんですよ。しかし、適確にはどうしてもわからない」

「あんなひょろひょろしたウナギに、そんな大航海ができるかしらん？」

「できるようです。だからたいへんな化けものだというんですよ。……玉城さん、あなたがたは船で赤道まで出てゆくわけだが、ウナギは海中を泳いで、赤道の方まで大遠征をするんですよ。そして、どこかの深海で産卵すると、親の雌はその海底に屍をよこたえ、生まれた仔魚がまた黒潮に乗って、一年も二年もかかって、カバヤキになりに日本へかえってくるんです。魚にはコスモポリタンが多いが、なんとウナギもまた規模雄大なロマンチシストではありませんか」

「なるほど、それがほんとなら、ウナギは海の化けものといえる」

そういって、まだ首をひねっている玉城満吉の顔を、さっきから見つめとおしている第四郎のするどい眼には、すでに悪逆の光があらわれていた。

話している間にも仲居が出入りするたび、満吉は、

「鶴はまだ来んかね？　なにをしていやがるんだろう？」

と、問うようなつぶやくような調子で、いらいらと舌打ちをした。

「ほんとにおそいですね」

「約束をやぶる奴じゃないんだが……」

「そんならもうおいでになりましょう。……クース、ウサガミ、ソーレー」

ここの泡盛は四十度以上あるので、そうがぶがぶのむわけにはいかない。三人の客の方はわずかの量ですでに陶然となっている。しかし、玉城満吉はまるで水をのむように、いくらでも、飲む。たいへんな酒豪らしい。

大川博士はものに動ぜぬ水産界の大親分がウナギの話にびっくりしているのが面白いらしく、なおつづける。

「ウナギがどこでどうやって産まれるかわからんので、昔からウナギは山芋が化けたんだとか、地から湧くとかいわれたんですよ。日本だけじゃないです。ヨーロッパのような文明国だって、古来、馬の毛がウナギになるなんて、いいつたえられてきたし、大哲学者のアリストテレスさえ、『ウナギは泥より生ず』なんて考えていたんです。ウナギは世界中の学者をなやましたわけですね」

「それで、いまだにまったく不明なんですか？」

「日本のはね」

「西洋のは？」

「わかったんです」

「どこで産むんです?」

「それが一口にはいえませんけど……」大川博士は手にしていた盃をおいて、まじめな顔になり、「デンマークのヨハネス・シュミットという、海の生物研究にたいへん功績のあった学者が、やっとヨーロッパとアメリカのウナギの産卵場をつきとめたんです。しかし、そのためにほとんど一生をついやしたんですよ。シュミット博士は一九三三年になくなりましたが、そのまえに、『一九〇五年より一九三〇年にいたる廿五年間に、デンマークによって遂行されたウナギ研究』という小冊子をコペンハーゲンで発刊しました。それでやっと奇怪なウナギの生態がわかったんです。それは世界の学者をおどろかせました。いや、学者ではなく、ウナギを見なれて、それを食べていた人たちがびっくりしたんです。あきれたという方がほんとうかも知れませんな。まったくもって海の化けもの、あきれかえるほかはありませんよ」

「どうしてです?」

「ヨーロッパ中のウナギは、産卵期が近づいて腹に卵が熟しはじめると、本能的に川をくだり、はるばる大西洋を横断してアメリカまで出かけるんです。そして、水深が二千メートルから四千メートルもあるような深いところ、メキシコ湾の東沖、ベルムダ群島の深海で卵を産むんです。シュミット博士の研究が発表されるまで、ヨーロッパでも、やっぱり、ウナギはどこか陸にちかい海底で生まれるものと一般に思われていたんですね。ところが、とんでもないことに、そんな大西洋のまんなかまで、わざわざ出かけて行って産卵することがわかったわけです。これはシュミット博士の二十五年間にわたる精密な調査報告があって、うたがうことはできません。ウナギの習性というものは、古往今来、西洋も東洋もかわりはありませんから、わが日本ウナギ諸君も、やっぱり、産卵のため、赤道直下まで、のこのことお出かけになるものと思うほかはありませんな」

「親はともかく、生まれた仔がどうして、日本にかえるんです?」

「どうしてだか、まだウナギにきいてみたことはありませんが、日本人がとてもカバヤキが好きなので、それに奉仕するための犠牲的精神なのかも知れませんね。ともかくあやまりなく親も仔も同じコースをたどって大航海をやるんです。しかもまだ面白いことがあるんですよ。ヨーロッパのウナギが大西洋を西へ横断してゆくとは逆に、アメリカのウナギは東の方へやってきて、やっぱりベルムダ群島付近の深海に産卵するんです。そして、仔を産み終った親はみんなそこで死んでしまい、子供だけがヨーロッパ・ウナギはヨーロッパの方に、アメリカ・ウナギはアメリカの方に、バイ・バイと尾をふって、二手にわかれてかえってゆくんです。」

「その、ベル……なんとかいう群島の海に、ウナギの世界的大ボスがいるのとちがいますか」

「そうかも知れませんね。ともかくそこは西洋ウナギの墓場であり、誕生地であり、さらに結婚式場であることにまちがいはありません。……ところが、玉城さん、ウナギが化けものだということの意味がもうひとつあるんですよ。ウナギは生まれてから一人前になるまでに、すごい変態をするんです。

その仔魚の時代を学名でレプトセファルスといっていますが、はじめは平べったい木の葉っぱのような無色透明なもので、これがウナギの仔だとわかるまでにもたいへんな手間がかかっているんです。……藤川君、あれ、なんとかいったな？　イタリーのさいしょの発見者……」

「グラッシーと、カランドロシオですか」

「そうそう。……玉城さん、そうです。その二人のイタリー学者がシシリー島付近のせまい海峡でとれたぴらぴらのレプトセファルスを水槽で飼ってみて、はじめてウナギの仔だとわかったんです。それは一八九四年のことです。この親魚とは似ても似つかぬ葉っぱのような恰好から、だんだん形が変って、陸地に近づくにしたがって身体が収縮して、いわゆるメソウナギというものになるのです。ヨーロッパ・ウナギがベルムダ群島から暖流に乗ってヨーロッパに到着するまで、二年半もかかるというのですが、潮流や風にはこばれるためには、平べったい葉っぱの形の方が好都合なのでしょうね。まあ、忍術をつかっているようなもんです。海の妖怪変化だと私がいいました所以《ゆえん》です」

玉城満吉はもうなにもいわず、比嘉美登に酌をさせて、ひとりで泡盛をあおっている。酒呑童子《しゅてんどうじ》のようである。どうやら待っている鶴という女がおそいので内心おだやかでないらしい。ときどき、いらいらと電話をかけに立つ。

第四郎は、そういう満吉をあたらしく生まれた一つの感情で、するどく注視していた。

（もし、この剽悍無頼の海の豪傑の女――鶴が、おれが大切な心の秘密としてさがしもとめている幻の人魚であったならば、いったいどういうことになるか？）

近づきつつある恐ろしい一瞬へ、第四郎は用意しなければならぬものがあるのだった。

大川博士はそんなことに気づくわけもないから、なお眼をかがやかせて、

「玉城さん、ウナギの話ばかりして恐縮ですが、これは私たち日本の学者の悲しみ、……怒りといった方がいいかな？　……日ごろの胸中の悶々を、われわれの理解者たるあなたにぶちまけているのですから、まあもうすこし聞いて下さい。私たち日本人が、日本ウナギの産卵場をつきとめ得ないということは恥なんです。残念、無念、遺憾のきわみ、泣きたいくらいのことなんです。だのにどうにもならない。この藤川第四郎君が兜をぬがずに頑張っているけれど、率直にいって、一生かけても実現できるかどうかうたがわしい。絶対とはいえぬが、まず不可能に近い。……絶対とはいえぬといったのは、シュミット博士がやったとおりのことをやればわからぬことはないからです。ところが、日本ではそんなことはとてもおよびもつかない。デンマークという国はえらいですね。うらやましいですよ。国家が金を出して、シュミット博士にこの研究を完成させた。国家のウナギ探検船で、存分に調査ができた。ところが、わが日本では、国家などは相手にしない。まえに政府にたいして要請した学者もあったそうだけれど、てんで洟《はな》もひっかけない。非常な根気と、永い時間と、莫大な経費とを要することです。そんなに金をかけて、ウナギの産卵場がわかったところでしかたがない、という。私

たち学者はみんな貧乏で、意欲だけあってまったく資力がない。民間の資本家もそんなあてもないようなことに馬鹿な金は出さない。これがわかると、日本の水産学も世界にむかって鼻をたかくすることができるんだが、駄目だ。……藤川君には気の毒だけど、どうも可能性がないね。博士号はもちろん、学士院賞、恩賜賞……ノーベル賞かな？　……まあ、そんな報賞より研究の完成が第一なのだが……」

「先生」

飼台《ちゃぶだい》の上のものが全部ゆらめいて、泡盛がこぼれたほどのいきおいで、第四郎が身体をのりだした。眼が妖しくぎらめいている。

大川博士はびっくりして、

「なんだね？」

「僕、きっと、やりますよ」

「うん、そうだ。やりとげてもらいたいな」

と、さからわなかった。

「近いうちに、僕、九州に行きます。森迫博士のところのレプトセファルスといちど対面して、最後の決心をかためます」

「それは、いいな」

第四郎の気質をよく知っているので、大川助教授はあくまで無抵抗主義である。

「ウナギは僕の神です。火です」

「九州に行ったら森迫博士によろしくいってくれたまえ、あのひとは僕の恩師で、これまでの研究ではひとかたならぬお世話になった。行くときには僕が紹介状を書いてあげよう。……ああ、君の兄さん、どうしたね？」

「兄貴はだめです。今度行ったらよくしらべてみますけれど、研究がゆきつまったといって、研究室で、アルコールをのんであばれたりするなんて、不甲斐ないです。女のこともあったらしいが、女なんかより研究の方が大事じゃないですか」

そう放言する第四郎を、久保木雪雄が意味ありげな横目づかいで、探偵するようにじろりと見た。

大川博士は苦笑しながら、あたらしく煙草の口を切って火をつけた。

「藤川さんは女ぎらいですかね」

と、玉城満吉が笑った。

「あまり好きじゃないです」

「いまどきの学生さんには珍らしいな。このごろのアプレ学生はわれわれそこのけの女好きだが。

……藤川さん、すこしは好きですか」

第四郎は返事をせず、このぶしつけな海坊主のような漁師の大親分を正面から見すえた。

「藤川さんが九州まで対面に行くというのは、女の子じゃないんですな」

「ウナギの仔です」

「ほう、やっぱり科学者は変ったもんですねえ。ウナギの仔とあいびきに、はるばる九州三界まで出張するなんて……」

「藤川君としては一所懸命の気持なんですよ」と、大川博士はとりなし顔に、「九大の水産学教室に、日本でたった一つのウナギの仔魚の貴重な標本があるんです。ところが、それは昭和九年五月二十九日にとれたものなんですよ。十六年も昔、しかも偶然とれたウナギのレプトセファルスが現在日本にあるたった一つのもの、なさけない話です。森迫景太郎博士がまだ朝鮮総督府の水産試験場の技師だったころ、鶚丸《みさごまる》という海洋調査船に乗って、九州沿岸の温度、海流、水質などをしらべていたとき、プランクトン・ネットにそれが迷いこんだのです。五島と奄美大島間、大隅半島より、西方、約一二〇浬《カイリ》、水深四二八メートルの箇所の、表面下約一〇メートルの水層、そういう場所で採集されたものです。これが学界に報告され、外国にも発表された唯一のウナギの仔です」

これには玉城満吉もちょっと興味をひかれたらしく、

「ほう、ウナギの仔が日本にたった一匹ですか。大きさは？」

「体長二四・八ミリ・メートルといいますから、これくらいの」と、台のうえから箸をのせる瀬戸の胡瓜をとりあげて、「ちっぽけなものですね。私はなんども見ましたが、葉っぱのようなぴらぴらした、たよりない透明に近いものです。しかし、それがどこか赤道のかなたの海底から、はるばる大航海をしてきた化けものなんですよ」

川崎博士が不参のため、得意のイワシの話がすこしも出ず、ウナギがのさばるので久保木雪雄は仏頂面である。よく可能の限界を知り、実際的である久保木は、イワシの話の方が漁師の親分たる玉城満吉にとってはずっと有益なのにと思いはしたが、大川博士に遠慮して切りだささなかった。おまけに彼は心中に別のひとつのわだかまりを持っているので、酒をのんでもかえって青ざめてゆく。

「プランクトン・ネットに入ったいろいろな採集物から、それをウナギのレプトセファルスだと確認した森迫博士もえらいですね。アナゴやハモの仔魚もよく似ていて、これはいくらでもとれるんですが、ウナギの仔というのは日本歴史はじまって以来、空前で絶後であったわけです」

「まあ、そのウナギの産卵場を知ることは大切なことかもしれんけれど、儲けにはならんことだから、あまり乗気になるものはありますまいなあ」

「そうなんですよ。それが情けないんです。学問はそんな直接的な、単に銭金《ぜにかね》のことじゃないんだけれど……」

「藤川さんもとんだ望みをおこしたものですな。酔狂ですよ」

「酔狂といえば、科学者の考えていることは途方もない馬鹿げたことに見えることがあるんですよ。科学はリアリズムでなくてはならんけれど、リアリズムをつきつめるとロマンチシズムになりますね。

だから、科学者には存外夢想家が多いです。……どうもウナギの話ばかりですみませんが、私の友人で、大島に面白い男が居りましてね、いま、しきりとウナギの誘致策を研究しているんです。ほかに、下田に人工産卵を研究しているのもいますが、大島の方が奇抜です。ウナギが産卵期になると、本能的に川をくだるのは産卵に適する場所をさがすためでしょう。だから、理論的にいえば人工的にそういう場所をつくればよい。水深、水圧、水温、塩分、海藻、など、ベルムダ群島の深海とまったく同じ状態を、こしらえればいいわけです。大島で、それをやっているんですが、完成したら、全国のウナギによびかけて、――なにも骨折ってそんな遠方まで行きなさんな。波浮《はぶ》の港にいらっしゃい。……そういう風に誘おうという算段です」

「わッはッはッはッ」

と、玉城満吉は巨躯をゆるがして笑いだした。

「笑いごとじゃないんですよ。真剣に貧乏とたたかいながら、研究しているんです」

そこへ、この「翠麗」の女将がはいってきた。まだ、においの抜けぬ姥桜《うばざくら》のように、若やいだ愛嬌に富んだ女である。

「玉城の旦那、いま、鶴さんからお電話がありましてね。――銀座まで出てまいりましたのですが、途中で気分がわるくなって目まいがするので、今夜は失礼して家へかえりましたからよろしくおわび申して下さい、って」

玉城満吉は、露骨に、不快そうに、
「このごろ、鶴の奴、どうもすこし変だ。そわそわしてやがる。男でもできたんじゃねえか。浮気しやがったら承知せんから」
そういって、まるで鶴がそこにいるように、嫉妬の眸《ひとみ》で、美登をにらみつけた。

‡‡‡‡‡‡‡‡‡‡‡‡‡‡‡‡‡‡

「赤道祭」中略部分の梗概

満吉の妾である思鶴《おみつる》（前場面で「鶴」と呼ばれていた女性）と、第四郎は互いに魅かれていた。それに薄々勘付いた満吉だが、思鶴の願いを入れ、第四郎のウナギ稚魚採集を支援するため自分の所有する漁船に乗せることにした。第四郎と兄の第三郎らウナギを研究する四人は、マグロ漁をする第二龍王丸に同乗し、赤道付近に向かった。船長の島袋、水夫長の砂川ら二十五人の乗組員とともに、満吉と思鶴も船に乗っている。

‡‡‡‡‡‡‡‡‡‡‡‡‡‡‡‡‡‡

龍王丸はエンジンをとめて、停船した。

油をながしたような凪《なぎ》である。すみきった海水の底に、紺碧と白銀との色彩の交錯がシュールリアリズムの絵のような構図でうごめきゆらいでいる。

「幸《こう》ちゃん、有公《ありこう》、それに兄さん」と、みんなの名を呼んで、第四郎は笑いながら、「農学博士にお手つだい願いますかな」

短かい半ズボンをはいている第四郎の右の太股に、森林中の沼のように、黒ずんだ個所がある。城ヶ島の海底でウツボに食いつかれた傷痕である。

(あたしをさがしにもぐったとき、油断していて噛まれなさったんだわ)

恋の奴となりきっている恩鶴には、そんなことまでがこころよい感傷をそそる。眼と胸にしみる。吸いつけられるような悩ましい眼つきで、濃い毛に掩《おお》われているむりむりした第四郎の足を見た。

大平幸二と二人で、ナンセン式深海用顛倒採水器を甲板にはこんだ。長さ三尺ちかい金属性の円筒は重い。それに二つ、寒暖計をとりつけた。

「ウインチを使わせてくれませんか」

見物にあつまってきた船員のなかから、水夫長《ボースン》の砂川の顔を見つけて、第四郎はいった。おもて甲板に、マグロ延縄《はえなわ》の巻上機がある。

「ほい、合点《がってん》」

背はひくいが、敏捷で気さくな砂川は、すぐにワイヤ・ロープを巻上機にむすび、電動の準備をしてくれた。

指深滑車《ししんかっしゃ》は舷《げん》の欄干《てすり》に固定した。ウインチと採水器とをつなぐワイヤをそれに通す。それから、第四郎は一人で重い採水器を、しずかに舷側《げんそく》から海水面へ降した。

「どれくらいの深さをお測りになりますの？」

「四〇〇メートルあたりまで、下げてみようと思います。……砂川さん、面倒なことといってすみませんけど、一秒に二メートルか、早くても四メートルをこえない速度でおろしてくれませんか」

「わかりました」

スイッチを入れると、巻上機がうごきだし、銀色の採水器がぐんぐん海中ふかく下ってゆく。なんだなんだというように魚が寄ってきたり、あべこべにおどろいて逃げたりするのが上から見える。滑車が回転して深さを示す。

「ストップ」

と、第四郎は手をあげた。

滑車の回転がとまった。

第四郎は舷側に身体をのりだして、海中をのぞきながら、注意ぶかく採水器のワイヤ添いに使錘《メッセンジャー》をおろした。鉄のおもりが水中に入って、ふかく落ちて行く。ワイヤに耳をつけた。採水器のところへ到着したようである。上から落ちてきた使錘の重りで、自動的に鍵がはずれ、採水器が下方のネジを中軸にして、弧《こ》をえがきながら顚倒したことがワイヤの手ごたえでわかった。水はすんでいても四〇〇メートルの海中までは見とおせない。しかし、その場所でおこっていることは手にとるようであった。

「そうすれば、水の温度がわかりますの？」

と、熱心な語調で、思鶴がたずねる。

「採水器のなかに、いま四〇〇メートルふかさのところの水が入ったんです。そしたら、横に寒暖計がとりつけてありますから、その海水の温度が記録されます。寒暖計がひっくりかえると、水銀が切れて、温度がもう変らないような仕掛けになっているんです。……さあ、あげよう。水夫長、たのみます」

「ほい、承知」

また、ウインチで、採水器は毎秒二メートルの速さでひきあげられた。

「何度あります？」

目盛りをしらべる第四郎に、掩いかぶさるようにして、玉城満吉がきく。

「幸ちゃん」と、第四郎は満吉には答えず、「六度あるよ、高いな。……ひとつ、網を入れてみようか」

「うん、それがええ」

「船長さん」と、第四郎は島袋鍋助に、「ここで、稚魚網《ちぎょあみ》を入れてみたいと思いますから、網が降りてしまったら、ゆるい速力で船をうごかしてくれませんか」

「わかりました」

満吉からよくいいふくめられているので、いうとおりにやってくれる。

佐倉と大平とが、船室から、ペッターセン式開閉網をとりだしてきた。長さ約五尺ほどの寒冷紗《かんれいしゃ》の網袋である。口は直径二尺くらい、すぼまった先にガラス筒がついている。

「この辺に、ウナギの仔がいそうですかな?」

と、満吉がまたきく。

「どうだかわかりませんが、温度が高いですからやってみるんです。四〇〇メートルの水深になると、たいてい二度か一度かになってしまうんですが、六度もあるから、すこし怪しいです。シュミットの報告によると、大西洋のヘルムダ群島付近では、四〇〇メートルのところが一〇度もあるんです。ウナギはそういうところに卵を産むらしいんですよ。……ここは、まだ六度ですけど、子供くらいいるかも知れんですな」

そんな話をしながら、採水器と網とをワイヤにとりつけなおした。ウインチを使って、そっと降した。海中に沈むと、白い袋が魚のようである。

島袋船長が操舵輪をにぎり、ゆるやかに船をすすめる。

網の口をしめるための使錘《メッセンジャー》をおろす。

「よかろう」

第四郎の合図で、網をひきあげた。

ぬれた網がしずくをたらしながら、あがってきた。第四郎が尖端についているネジをひねる。あらかじめ用意してあった瀬戸引の解剖皿へ、どっとそのなかの海水があふれ出た。

「あ」と、第四郎が頓狂に叫んだ。

「どうしたんだね？」

と、第三郎がきいた。

「いるよ、いるよ、レプトセファルス。二匹も、いる」

興奮して、海水の満たされた皿のなかを指さす第四郎の肩ごしに、みんな視線を集中した。瀬戸皿が白いのでわかりにくいが、そういえば、うっすらと鉋屑《かんなくず》の切れっぱしのような、ほとんど透明にちかい淡黄色のものが、たよりなげに浮いている。

「それがウナギの仔ですか」

満吉は妙な顔である。

それには答えず、第四郎はルーペをひきよせた。二十倍の解剖用顕微鏡である。ガラス板のうえに、ピンセットでつまみあげた浮遊物をのせた。大きな眼を光らせて、レンズをのぞく。緊張の瞬間である。

「まちがいなし」と、レンズから眼をはなさずに、第四郎はつよく頭をふってうなずいた。なおするどい視線を拡大された微生物にそそいだまま、「脊椎骨の数も、体側筋節の数も、ちゃんと合っている。体高の高さ、肛門の位置、胸鰭、……どれひとつとして、条件をはずれていない。アナゴやハモの仔魚がこんなところにいる筈はない。……ウナギだ。正真正銘、ウナギのレプトセファルスだ。アングイラ・ジャポニカだ」

まわりにいる人間はすべて意識の外に出たように、独り言のようにつぶやく第四郎の眼に、みるみる光るものがあふれてきた。恍惚として無我の境にあるように思われた。いつか九大の研究室で見たレプトセファルスが、ありありと浮かんできた。あれは死んでいた。これは生きている。

「兄さん」第四郎は顔をあげた。「とうとう僕が見つけましたよ。十六年前に森迫博士がとって以来、日本に一匹しかいなかったのを、僕が二匹も採集しましたよ」

「よかったなあ」

兄はしっかりと弟の手を握った。そのうえから、無言で大平幸二も手をかさねた。

「有公、ディバイダーで体長をはかって、貼紙《ラベル》に記録しといてくれ。それから、フォルマリン液につけて管ビンに入れとくんだ。……僕はもうすこし、この辺で採集をつづけてみる」

第四郎は立ちあがった。開閉網を手にして調整しながら、

「玉城さん、よろしいでしょう?」

「どうぞ、どうぞ」

憑かれたようにこのひとことにうちこんで我を忘れているような第四郎の姿を、思鶴は昏迷した思いでながめていた。愛する第四郎が、一生を賭した念願がかなって、ウナギの仔魚を得た。そして、涙をうかべている姿を見て、思鶴もうれしかった。涙を誘われた。それなのに、女の愛情の掟にしたがうように、もう、

（第四郎さんは、ウナギとあたしと、どちらを大切に考えているだろうか？）

と、疑念をわかしているのであった。

第四郎は、まるで急に思鶴の存在を忘れたように、採集の行為に没頭している。思鶴はウナギに不思議な嫉妬をおぼえた。第四郎はまた砂川水夫長《ボースン》や島袋船長に依頼して、ウインチをうごかし、舟をゆるくすすめる。

回転している水深滑車の目盛をしらべる第四郎に、思鶴は近づいた。

「こんなちっぽけなものが、この太平洋から日本まで、旅をするんですの？」

思鶴は格別そのことが知りたかったわけではない。自分の存在を確認させたいのが目的なので、話題はなんでもよかったのである。自然に媚態が誇示するようにあふれた。しかし、船員たちにはそのことは興味があるらしく、好奇にあふれた眼をそろえて、第四郎の口もとの動くのを待った。

「そうです」第四郎は、唇だけ毒々しく濃い思鶴を妙にまぶしげにながめながら、

「いまの仔は卵から孵《かえ》って二ヵ月か三ヵ月くらいかも知れんですね。あれから柳の葉っぱのようなぴらぴらしたものになって、一年半か二年くらいかかって、日本にかえる——そう、かえる……親が日本から太平洋へ産みに来たんだから、子供が故郷へかえるわけですね。親になると、また太平洋に産みに来る。それをくりかえしているわけです。それまでにすごい変態をする。そして、黒潮に乗って日本の沿岸についたときに、例のシラス・ウナギになっているんですよ。小さい可愛い奴です。とってみると身体がすきとおっていて。赤く心臓が見える。それを池や湖にうつして養鰻するんです。卵をかえすことができないから養殖はできないわけですね。餌をやって太らせるだけです。あれは、春先など、たくさんとれるでしょう? 夜、燈火採集をやるんだが、ときには一晩に一貫目も。一貫目といえば数にして二万匹ですよ。全体ではどえらい数になるわけですね。なにしろ、ウナギは一匹が五百万の卵を持ってるんだから……」

「へええ、たった一匹で五百万も? ……」

「もっと多いのもありますよ。マアナゴが八百万、マンボウなどは二億といわれています」

「それが、みんな日本に帰るんですの?」

「ごく一部分だけです」

「卵産んだ親は?」

「任務を終って、全部、海底に屍を横たえます」

「卵産むためだけに、そんな大航海するのね。卵産むためだけに生きてるのね。それで、幸福なのかしら？」

「さあ、幸福かどうかは知らんですが、満足はしてるかも知れませんね。どうもウナギに聞いたことがないので、はっきり断言はできんですが……」

龍王丸は北緯三度から二度とさがり、東経も数度進んだ。グリニッチ島がかすかに見えてくると、赤道直下にちかい海はいよいよ不気味なほどの静けさである。

はげしいスコールが通りすぎた。暑さにうだっていた航海者たちは、よろこんで濡れた。強烈な太陽がたちまち船と衣類とを乾燥させる。雨のすぎた海面に、マグロがおどる。

日が、暮れた。

採集は、好調であった。十回ほど、ペッターセン式開閉網をおろすことによって、二十七尾のウナギの仔魚を得た。日本近海で稚魚網をひいたことがなんどもあるが、そのときは種々雑多なものが入った。ここではほとんど余計なものがまじらずに、レプトセファルスが入って来るのだった。第四郎の歓喜は、文字どおり天を衝くほどである。

夢のようであった。あんなにも気負いこみ、一生を賭ける、命がけ、不可能、荒唐無稽、狂人——騒々しい論議をかもしたのに、あまりにも早くて、容易な成果であった。あっけないほどだ。もっと困難を予想していた。茫漠とした太平洋のただなかである。十回や二十回の採集で、レプトセファルスが網に入ることなど考えてもいなかった。五十回に一匹、百回に一匹、二百回に一匹でも、満足するつもりであった。今度の航海では一匹もとれないかも知れぬとさえ考えていた。それなのに、いきなり第一回から入ったばかりでなく、次々に採れるので気合抜けを感じたほどである。あまりとれすぎるので、ウナギではないのではないかと疑ってもみた。しかし、ウナギであることに一点のあやまりもなかった。一匹が五百万も産むのであるから、いるのが当然かも知れぬということがわかってきた。いずれにしろ、第四郎のよろこびは大きい。十六年前にとれた日本唯一のレプトセファルスに、わざわざ東京から九州まで対面に行ったのに、いま、わずか一日で、二十七匹を得たのである。

「兄さん、わかりましたよ」と、第四郎は苦笑しながらいった。

「こんなこと、大げさに考えることはなにもなかったんだ。雄志だの、壮挙だの、冒険だのって、ちゃんちゃらおかしい。困難なのではなくて、たれもやらなかった、やろうとしなかった、というだけなんだ。やりさえすれば、成果はすぐあがるんだ」

「でも、やっぱり困難な仕事だよ。最後の結論を得るまでには根気がいる。だれでもできることではない」

二人だけにしかわからぬことがある——そういう深い理解のまなざしで、兄弟はうなずきあった。

奈落

元日を、迎えた。暑い正月である。日本ではきっと雪が降っているのであろう。縹渺《ひょうびょう》たる太平洋の水平線上からのぼってくる、ほおずきのような赤く巨大な朝の太陽をのぞみながら、第二龍王丸は進路を南にとって、赤道直下に入った。

赤道祭がおこなわれた。

玉城満吉は、上機嫌で挨拶した。

「こんどの航海ほど、愉快な航海はありません。このとおり海はないでいるし、乗組員にも一人の事故者もない。どうやら海の相を見ると、マグロも大漁らしく思われます。ことに、藤川さん一行の苦心が報いられたことはなによりも欣懐《きんかい》のいたりです。万歳です。……本日はめでたい元旦、ひとつ、大いに歓をつくしたい。さいわい女神も乗っている。鶴をミス・赤道にして、お祭りをしましょう」

拍手。

満船飾《まんせんしょく》の旗がかかげられた。船全体が華園のようである。船尾にひるがえる日の丸の旗が、水平線をはなれた太陽と真紅のいろの対《つい》をなして、あざやかだ。ことに、第四郎たち四人には太平洋で見る母国の旗のいろが眼にしみるようであった。

　おもて甲板が会場である。卓は出さず、きれいに洗われたデッキに、じかに全員腰をおろした。

　思鶴があらわれた、そんな衣裳を用意していたのか、『手水の縁』の玉津のような紅型《びんがた》の女踊り姿をしている。舳《へさき》にある前檣《ぜんしょう》の下に立った。頭には花笠をかぶっている。口紅は例によって濃く、今日は厚化粧をし、眉も弓なりにながながと引いている。まぶしいほど美しい。

　赤道神にかたどられた思鶴は、檣の縄梯子を数段のぼった。

「藤川さん、鍵をどうぞ」

　白紙でこしらえられた二尺ほどの鍵を、満吉が第四郎にわたした。

「これをどうするんですか？」

「赤道神にささげるんです。海路平安の祈りの式ですから……」

　第四郎は辟易《へきえき》して、

「いえ、それは玉城さんが……」

「遠慮はいらんですよ。こんどはあなたが海の英雄だから……」

　船員がそろって、はげしく拍手した。

　しかたなく、第四郎はその鍵をとった。両手にささげて、うやうやしく赤道神のまえに立った。思鶴の足もとにそれをおくと、ぱっと赤らんだ。耳まで熱くなった。動悸がはげしく打つ。汗がにじむ。

（この鍵はいったいなんの鍵か？）

羞恥《しゅうち》でふるえる思いだった。

祝の汽笛が鳴りひびく。宴がはじまる。航海中は酒を禁じられていたが、今日は無礼講だ。泡盛がたちまち座をにぎやかにする。多良間《たらま》コック長と石垣少年とはいそがしい。ウナギ探険隊と船員たちとはうちとけた。

「佐倉さん、この眼鏡で空をのぞいてごらん。赤道が見えるから……」

砂川水夫長《ボースン》が友造に望遠鏡をわたしした。眼にあてると、青空を東西に真紅の線が走っている。両方のレンズに赤糸がくっつけてあるのだった。

「海のうえに、マックアーサー・ラインは見えんかね」

佐倉はそんなことをいって笑った。

玉城満吉が三味線をひいた。琉球では男までが芸人である。満吉も素人ばなれがしている。たくましい赤銅色の満吉と、三味線に張られた蛇の皮とがよく似あっていて、その音色の哀調が、満吉の六角形の顔に奇妙なさびしさをあらわしていた。

思鶴が踊る。「天川踊」「浜千鳥節」「上り口説」四つ竹の音が澄んだひびきをはるかな水平線へただよわせる。

（不思議な結合だ）

第四郎は凝然として、満吉と思鶴の二人を見くらべていた。男の三味線と歌、女の踊りとが一分一厘のすきもなく、ぴたりと呼吸が合っている。第四郎はふいに投げだされたような敗北感をどうすることもできなかった。これまで一度もいだいたことのない嫉妬の感情が胸をしめつけた。自分の心を嘲笑し叱咤して、ぐいぐいと泡盛をあおった。

船員たちが合唱する。ウナギ連中も興に乗じて、校歌などをうたった。佐倉友造はとうとう泥鰌《どじょう》すくいをはじめる始末である。第四郎はわめくように「妻をめとらば才長《た》けて、みめうるわしく情あり、友をえらばば……」とどなりだした。

船上の饗宴は、はてしがなかった。

「鯨だ、鯨だ。夫婦鯨《めおとくじら》だ」

と、舷側で、叫ぶ者があった。

二頭の鯨が、波のうねりのなかをもみあうように泳いでいる。そこだけ海水がざわめいて白いしぶきを散らす。やがて、はげしくぶっつかりあった二頭の鯨は、そのまま一体になってぐうッと水面から空中へつき立った。三分の一以上まっすぐに上半身が浮き出た。雨のように全身から海水がたれる。やがてくっついたまま。だうんと巨巌をたおすように海面に横だおしに落ちて沈んだ。そのあとに、みだれた白い泡潮が渦巻く。

「お神楽《かぐら》があがったぞ。ほんとうの祭りになってきた」

そう笑いながらいったのは、通信局長の東江《あがりえ》徳太郎である。

愛欲の興奮で忘我の境にある鯨は、かたわらに船のいることなど意識の外らしい。ぶっつかっては海面から空中につき立つ動作をくりかえす。

「まんがええぞ」

と、満吉が叫んだ。

三味線をおいた。すっくと立った。さっきから相当に泡盛を飲んだ筈なのに、酔っている気配もない。眼をかがやかし、胸を張るようにして舳につったった満吉の颯爽とした姿には、自信にあふれた統率者としての凛としたものがみなぎっていた。

「鯨が幸先《さいさき》を祝ってくれたわ。これからすぐ縄を延《は》えろ」

鶴の一声といってよかった。

饗宴の幕は閉じられ、唐突にはげしい漁労がはじまる。船員たちは盃を置いて部署につく。酔って踊っていた者も、仕事にかかると素面《しらふ》のようである。目まぐるしい活躍が開始された。

船橋《ブリッジ》のうえに乗せてある漁具の覆が解かれる。漁がはじまると、船員はみんな漁師になる。いったん艫《とも》の後尾甲板におろされた延縄は、熟練した漁師の操作によって、ぐんぐん海面へ投げ入れられて行く。数人のすばやい手で、マグロ鉤《はり》に、鹽蔵《えんぞう》イワシ、サンマ、イカ、などの餌がつけられる。船中に急に生臭さがただよった。

「大将、幾鉢《いくはち》入れますか」

おずおずときく親泊船頭に、満吉はがみつけた。

「全部だ」

「すこし時間がおそいので、いくらか加減した方が……」

「全部といったら、全部だ」

「へい」

延縄は幹縄《みきなわ》に枝縄《えだなわ》六本、つまり鉤を六本つけたものが、一鉢《ひとはち》といわれる。枝縄の長さ約一一ヒロ、枝縄間の距離が二五ヒロ、一鉢の長さが九〇ヒロ、そして一鉢ごと交互にビン玉の浮標《ブイ》をつけた蓄電池の燈火、標識旗が尖端にあるボンデン竹がとりつけられてある。満吉が延縄全部といったのは、準備してきた三五〇鉢をみんな流せということなのであった。一鉢九〇ピロとすれば全長二四里ほどになる。縄は海中でたるむが、それでも二〇里ちかい距離だ。漁労長たる親泊真義にはその無理がよくわかっていたのであるが、独裁者満吉は暴君ぶりを発揮してこれを聞き入れなかった。

船の走り去るあとに、浮標灯と、ボンデン竹の黄色い旗とが、海面に一列をなし、さらに次々とその数が増えてゆく。えんえんとつづいて、先の方はわからなくなる。もう食いつくマグロがあるのか、ぐッ、ぐッと傾いて海中へ引き入れられる旗があった。

三五〇鉢の延縄を全部海中にながしてしまうと、船は二〇里にちかい縄の周囲をまわる。船員が、漁場につくまでは寝ることが仕事、マグロ釣りがはじまったら戦争場《ば》みたいだ、といっていたが、まさにそのとおりであった。

本船《ほんせん》は警戒にまわりながら、縄の調整にいそがしい。旗のついたボンデン竹を横だおしにするくらいマグロがかかって引っぱっているところでは、ふかく沈んでいる枝縄をひきあげて、鉤からマグロをはずす。餌をつけかえる。十貫目もあるようなカジキがかかってあばれると、縄が団子《だんご》になってもつれる。縄はつよい純綿の紡績絲だが、それでも切れることがある。その場でつなぐ。甲板にはいつかキハダ・マグロがはねまわりながら、山をなす。船倉《ダンブロ》の蓋があけられ、氷のなかにとれた魚が投げこまれる。

先の見えないほどながながとつづいている浮標灯と、黄色い旗との列が、いたるところで右に左に、また海中へひきこまれてざわついている。どの鉢にもマグロがかかっているらしい。

「思ったとおり、大漁だぞ」

玉城満吉はすこぶる機嫌がよい。

いつか時間が経って、日が暮れる。延縄の距離が長いので、船は一往復がやっとだ。縄があげられることになって、巻上機に端がとりつけられた。右舷の欄干がとりはずされる。ウインチがからから鳴りだすと、縄と魚とが舷側からたぐりあげられてくる。船長、機関士、コックをのぞいて、全員、総がかりである。玉城満吉も、思鶴も、漁師とおなじ黒のゴム外套、ゴム靴という姿で立ちはたらく。

ウナギ隊員も見物してばかり居られず手つだった。

鉤にかかっているのはマグロばかりではない。フカ、サメ、カジキ、カマスなども、十匹に二匹くらいの割合であがってくる。どれも三四尺以上の大魚ばかりなので、臂力《ひりょく》抜群の漁師たちも手にあまる。あばれる大ザメには電気銛《でんきもり》がさされた。

満吉は面白そうに掛矢《かけや》をふるって、マグロの頭をなぐる。勢よく水しぶきを散らしてはねまわっていたマグロは、その一撃でおとなしくなる。

「ええィ、ええィ」

魚は片はしから船倉に入れられて、氷詰になる。みんな波をかぶり、船中なま臭い。ゆっくり食事などする間がなく、交替で四度も五度も飯を食べる。そのうちに、日はとっぷりと暮れて、夜が来る。船縄を全部延《は》えるだけで三時間もかかるのであるから、あげ終って一段落したときにはもう深夜だ。船橋の正面にあかるいライトがともって、仕事場を照らす。前檣にも後檣にも白い航海灯がかかげられているが、うしろの檣灯の方がすこし高い。船橋のはりだしの横には、左に赤、右に緑の舷灯がついている。

仕事が終ったときには、船員も、ウナギ隊員も、へとへとになった。午前二時近かった。

「重労働だね」

第三郎は、いくらふいてもあふれ出る汗をぬぐいながら笑った。

「ウナギのレプトセファルスも、こんな風にしてとれるといいな」

第四郎はウナギのことしか念頭にないらしい。

翌朝はもう午前三時に、起床の鐘《かね》が鳴る。食事をゆっくりとる間などなく、総動員で延縄が海中へおろされる。警戒巡航がはじまり、前日とおなじに目まぐるしい漁労の一日。そして、終業は深夜。

こういう毎日がつづいて、またたく間に、二十日あまりが過ぎた。第四郎たちのウナギ隊も、その間はまったく漁師であった。漁獲は大漁と不漁との日があり、玉城満吉はマグロのかからぬ日は機嫌がわるい。親泊船頭以下、口でひっぱたくはげしさでがみつける。そういうときでも第四郎たちには、

「あなたがたに申したのではありませんで。……漁師のまねさせて、すまんですなあ」

と、わびるようにいうのだった。

天候も、一様ではなかった。すこし波風がたかいと、百八十トンのディゼル船は相当にゆれる。スコールが風をともなって嵐にちかい荒れかたをすることがあり、そういうときには船はひどく波しぶきをかぶった。いちばん弱い佐倉有造は船酔いで寝こんでしまった。新米の船員にも、二三、頭のあがらぬのができた。

船にも、波にも、嵐にも、もっとも強く勇敢なのは、思鶴である。ときに、漁師たちの志気はこの人魚に鼓舞され、統率されているように見えることがあった。その思鶴が、ただ一度顔いろを変えたことがある。竜巻がおこったときであった。まっ白いスコールの幕のあと、水平線上に一本、天に冲

するようにつき立った竜巻がすごい勢いでくるくる舞いながら、船に近づいてきたときには、さすがの思鶴もいろ青ざめた。

馴れている漁師は大したことども思わず、砂川水夫長《ボースン》などは笑っていた。

「この分なら、面舵《おもかじ》を切っときゃ心配はないや。五本も十本も出やがるとことだがな。……昔、おれが乗っとった外国船にフランス人の事務長がおったが、竜巻が三本おこってきたら、小銃をもちだしてきて、ポン、ポン、ポン、ポン、三発根元を射った。たおれんので、おかしいな、なんて、首ひねっとったよ」

しかし、思鶴ははげしいおそれで、いつか両手を胸にあわせ、しきりに祈っていた。

(美登、そんなひどい仇討をしないでおくれよ。いまごろになって……)

美登は竜巻をおこして、玉城満吉を沖縄に釘づけにしようとしたことがある。思鶴はそれを思いおこして、恐怖におののいたのであった。荒れ狂う竜巻の尖端が、おどろに髪をふりみだしているうらめしげな美登の顔に見えた。

第四郎は、はじめて見る思鶴の委縮した蒙昧の姿を、酸っぱい表情でながめていた。

「わッはッはッ、竜巻なんかおそれたこともない男まさりが、どうしたわけじゃい?」

満吉は笑いころげた。

竜巻は消えた。

二十日ほどの漁労の間、二日、休みがあった。その日はウナギ探険隊の活躍日である。音響測深器のような厖大《ぼうだい》で高価なものの準備はできなかったので、綱索《こうさく》で水深をはかった。ナンセン式深海用顛倒採水器、比重計、透明度板、水色計、ペッターセン式開閉網、などを使って、綿密に調査と採集をした。また、さらに、ウナギのレプトセファルスを十六尾得た。貴重な標本は四十三に達した。

「マックアーサー・ラインが越えられたらなあ」

第四郎は歎息する。

「まあ、あまり、贅沢をいわん方がええよ。これだけでも上出来だ。無理をしたらろくなことはない」

大平幸二はもう早々にして、ひきあげたいのであった。

玉城満吉、宮里思鶴、藤川第四郎、千葉晴美——この四角関係のはらむ危険が恐ろしい破滅におちいらぬよう、大平は必死に願っている。そのため新婚の妻さえすておいて乗船したのである。無事に一日も早く帰国したい。

「またにするか」

あきらめたように、第四郎もつぶやいた。

こういうときには自分の持ち船ではないので、勝手ができない。船を自由に使えと満吉はいっているものの、マ・ラインを突破するようなことには同意しないにきまっている。マ・ラインは赤道までだが、赤道をこえたニューギニヤ北部の海をさぐってみたかった。

（方法が、正しくなかった）

そのことに、ようやく第四郎も気づいた。

連日のはげしい労働で、船員たちは休日は陸にあげられたクラゲのように眠りこけていた。もっとも元気のよいのは思鶴である。

玉城満吉もすこしも疲れている様子がなく、昼食後の休憩のとき、

「どうです、藤川さん、泳いでみませんか？　あなたはもぐりの名人ということだが、ひとつ、競争しましょう」

にこにこと、そんなことをいった。

「あなたにはかないませんよ」

「いや、御謙遜で。……ほんとに、どうですか？」

「そうですな。……それじゃあ、競争ということでなくて、暑いから泳ぎますか。フカはいませんかね」

「なに、赤フンをたらしとけば大丈夫です。それに、ここらのフカはバカブカで、人間を見ると逃げますよ」

「やめた方がええぞ」

大平は心配顔である。

第四郎は答えず、笑いながら、裸になって、もう舷側から、波しぶきをたてて海中へとびこんだ。

澄んだ海中に踊るように白くひらめいていた美しい身体が、ふかく没して見えなくなった。いつまでもあがって来ない。

満吉がつづいておどりこんだ。巨大な赤銅の塊のようである。第四郎のあとを追うようにたちまち見えなくなる。

「二人とも魚みたいだ」

第三郎がそういって笑ったとき、水音がまたおこった。思鶴がとびこんだのであった。

(もしや、海の底で……?)

思鶴は、満吉が水練の達人であるとともに、唐手《からて》の名手であることを知っているので、不安ははげしかった。じっとして居られなかった。夢中のように着物をぬぎすててとびこんだ。武器をとりあげられた琉球人は唐手の術をあみだして、身を護った。手、指、肱、足、膝、頭、全身が武器である。指は剣よりもするどく、石や板を割り、肋《あばら》をつらぬくことも容易だ。ふたたび人魚と化した思鶴は、魚よりも早く水中を走った。

「おどろいたな、二分も経つのにだれもあがって来ないよ」

佐倉有造はのんきそうに時計をとりだして、記録をはかっている。

第四郎、満吉、思鶴の順で、水面に顔を出した。はるか遠い沖合だ。三人ともにこにこ笑いながら、手をあげて合図をした。抜き手を切って、三匹のマグロのように船の方へ泳いできた。

「藤川が二分十八秒、玉城さんが二分二十秒、鶴さんが二分十五秒……日本新記録だ」

佐倉がそういうと、かたわらの親泊船頭が、

「この島袋船長は二分二十三秒もぐったことがありますよ。世界記録じゃないですかね」

と、いって笑った。

こういう日がつづいた後、第二龍王丸は冷蔵艙にマグロを満載して、岐路についた。大漁なので、玉城満吉は上機嫌であった。しかし、そのためには延縄三五〇鉢という、能力を無視した過重の労働が連日つづけられたわけである。船員たちは、帰港中は疲労のためまたも寝ることだけが仕事であった。

帰路は進路が変えられた。ウナギ探険隊の希望によったのであるが、玉城満吉も與那原《ヨナバル》に寄港する用件があるとのことだった。龍王丸は赤道に添って西進し、ハルマヘラ島の北東、トコベイ島付近から北上した。ミンドロ島、レイテ島、ルソン島と、フィリピン群島へ近づくと、波が荒い。

連日、熱心に採集がつづけられた。ペッターセン式開閉網があげられるたび、なにかの収穫があった。レプトセファルスの標本は数を増すばかりである。

「おまえがウナギの仔魚をどっさりお土産に持ってかえるなんて、森迫先生や大川先生にまじめな顔で約束するのをひやひやして聞いていたが、嘘ではなくなったな」

第三郎は笑っていうのである。

「兄さん、こんな方法ではいけなかったのです。別のもっとたしかな方法で、やりなおす必要がある。

こんどの航海で自信ができました。……たった一度の、しかも不充分な方法で、断定することは無論できませんけど、日本ウナギの産卵場は、どうも僕にはフィリピン群島東部のどこかの深海のような気がします。水温も、鹹度《かんど》も、水質も、条件に合っている。あるいは、もうすこし、台湾か、琉球に寄った方か……？　はじめに採集した赤道付近のレプトセファルスは、きっと南方の島のウナギでしょう。あんなぴらぴらなものが赤道反流を越えて、日本に来るとは考えられません。そして、大西洋のヨーロッパ・ウナギとちがって産卵場が一ヵ所でなく、数ヵ所にあるか？　……これまで採ったレプトセファルスの大きさは、フィリピン東部の海のものがもっとも小さい。八ミリというような前期仔魚に近いものまである。……きっと、そうです。日本のウナギはここへ卵を産みに来るんだ」

その第四郎の推定を裏がきするように、ある日、ひきあげた網のなかに、異様なものが入っていた。顔中が眼のようである。二つの独楽《こま》をはりつけたように、巨大な眼が顔の両側にあるが、その眼はどろんと白くにごっていて生気がない。全身には鱗が露出している。生殖巣が熟しはじめると鱗の出てくる、いわゆるサヤガタ・ウナギより、もっとはっきり鱗がついている。腹がふくらんでいるのはいっぱい卵をはらんでいるからであろう。しかし、全身が白っぽく水棲菌に掩われているのはもう死期の近いことを思わせる。はるばる日本から産卵場へやってきたのに、フカにでも尾を食いちぎられて、ふらふらになっていたのでもあろうか。数千メートルある深海の、四〇〇メートルあたりの中層に卵を産んでながすウナギは、二〇〇メートルからふかく沈むにつれて、深海魚化してくる。眼が大きくなる。それは光線のとどかぬところにいるどの深海魚にも共通の現象である。第四郎も、それを学問としては知っていたが、まのあたりに見るのははじめてであった。

第四郎の眼からは、ふいてもふいても涙が出た。

「おい、藤川」と、佐倉有造も、興奮して叫んだ。「きさま、大変だぞ。ヨハネス・シュミットも採らなかったウナギの親を、日本の藤川第四郎が見つけたんだ。産卵直前のウナギの標本なんて、世界にたった一つじゃないか」

あまりの感動でものをいうことができず、第四郎はただ嗚咽《おえつ》していた。

（よかったわ）

思鶴もお座なりのよろこびの言葉がいえないで、そう思いながらかたわらに立っていた。愛情が換算されたものへ、彼女のふかい思考のとどく筈もなかった。ただ、思鶴は自分の努力と献身が結実したことを単純によろこんだのである。しかし、学問にたいする男の異様な執着や熱情は彼女の理解の外であったので、死にかかったうすぎたないウナギをひきあげて、泣いている第四郎にすこし滑稽の感をおぼえた。いっしょに興奮して騒いでいる佐倉の姿もひどく頓狂に見えた。

「いよいよ、万歳ですなあ」

玉城満吉は磊落《らいらく》にそういって、身体をゆするようにして笑った。なぜ哄笑したのであろうか。満吉の言葉のひびきには、妙に妬《ねた》ましげななにかがあった。

親ウナギはフォルマリン液を入れた大きな籐巻ビンに、注意ぶかく、そのままつけられた。琉球に近づいた海域で、不思議な海草が網に入った。緑藻カサリノ科の稀藻《きそう》である。二個しかなかったが、顕微鏡で見ると、一個はすでに成熟して胞子嚢ができていた。

「これは珍らしいものだ。ベルムダ群島の沿岸にもこれがあるというから、ウナギと関係があるかも知れない」

と、第四郎はうなずくように、しずかにいった。

嵐が、来た。

二三度、竜巻がおこっては消え、台風のきざしが見えてきたので、第二龍王丸は進路を北西にとり、全速力を出した。一路、與那原港へ急いだ。しかし、台風の速力は早かった。

ラジオがこわれているため、毎日の気象通報をきくことができなかった。しかし、熟練した漁師は科学よりも自分たちのカンを信用する。天測の名人の島袋船長は、気象観測も得意のようであった。が、台風は船長の意表に出たようである。船長も、中心示度九七〇ミリバールもある猛烈な台風が、毎時二十キロもの速度で、龍王丸を追っかけてきて、毎秒四〇メートル以上もある暴風圏内に船をまきこんでしまうことなど、予測できなかった。

「荒天準備」

船倉や舷窓の蓋は全部しめられた。露天甲板には、丈夫なロープが張りわたされた。これは乗組員がつたって歩く命の綱である。

晴雨計は、刻一刻と下る。灰色の雲が掩いかぶさり、昼間からたそがれのように暗い。波のうねりは大きく、船ははげしくピッチング、ローリングをやって、いまにも沈むかと、波をかぶる。雨をまじえたものすごい突風になった。

夜が、来た。そうして、すべてが終ったのである。

舳《おもて》の船員室で、四人のウナギ隊員は、不安の顔を見あわせていた。同室の船員たちはみんな外に出、それぞれの部署について、船を護っている。どうしたらよいのかわからないので、ただ部屋にこもってなりゆきを見まもっていた。二〇度以上も傾く船は、なんども半舷を海面にぶっつける。密封されている筈なのに、室内のいたるところから海水がながれこんでくる。木船であるから、いまにも解体しそうにぎしぎし鳴る。

第四郎は必死になって、ウナギの標本を護る努力をした。しかし、動揺がはげしくて、いくつかの管ビンは散乱して破《わ》れた。親ウナギを入れた籐巻ビンは外の甲板に固定してあった。それが気になってならなかったけれども、安否を知る術もなかった。

扉についている円いガラス窓から、外を見た。水しぶきをとおして、暗黒のなかに船橋の赤い舷灯が見えた。右舷の緑灯も見えた。このときほど、第四郎の眼に赤と青の光が痛くしみたことはない。

不安と混乱のなかにありながら、第四郎は嘗《かつ》て東京のまんなか、銀座四丁目の交差点で人魚をさがしあぐねて、右往左往した日の記憶をよびおこした。そのとき、呆然となって、明滅する赤と青との信号灯を見たのである。

危険と安全と——そして、赤の信号灯が宮里思鶴の顔に、青が千葉晴美の顔に見えたのであった。

（罰が、降《くだ》った）

第四郎はちぎれるほどつよく唇を噛んだ。ぎらぎら眼が光る。

操舵室に、島袋船長の顔が見える。その両側に、玉城満吉と思鶴の顔がある。三つの緊張した顔を、ガラスのうえからはげしく雨のしぶきが打ちたたく。

突然、暗黒になった。船中のすべての光は消えた。

「発電機故障」と、わめく声。つづいて、「バラスト・タンクに、水が入ったぞ」と、誰かが叫んで、ロープづたいに甲板を走った。

扉が、あいた。

「みんな、外に出なさい」

たれかわからなかった。

四人がとびだすと同時に、船ははげしくなにかに衝突し、すさまじい音とともに横だおしになった。

暗礁か珊瑚礁かに乗りあげたらしい。それからの混乱は地獄である。突風と豪雨と岩礁とにもみくちゃにされて、船はわりわりと音をたてて破れた。火を吹いた。雷鳴さえ加わってきた。もはやＳＯＳの信号もきかなくなった。船体の破片とともに、人間もマグロもウナギも、海へ投げだされる。

舷側へしっかりとつかまっていた第四郎へ、よろめきながら玉城満吉が近づいた。嵐は人間の心にも嵐をつくる。この土壇場に来て、満吉の心に、唐突に、殺意がわいたようであった。玉城満吉という人物にたいして、周囲の人々が勝手に悪逆の幻影をつくりあげた。強迫観念におちいっていたのは観察者である。しかし、いま、満吉は嫉妬の鬼となっていた。

その閲歴《えつれき》と所行と剽悍の風貌とが、玉城満吉を悪逆の人物のように印象づけていたが、満吉は案外に小心な好人物であったかも知れない。彼はただ思鶴を溺愛し、その愛の深さによって謎をふりまいたのである。思鶴が第四郎へ心をうつしたことを知ったときの怒りと歎きとはふかかったが、思鶴を殺す心も、第四郎を殺す気もなかった。第四郎の乗船をゆるしたのは、ただ思鶴の歓心をうしなうまいための弱気にすぎなかった。第四郎がどこかの海に落ちて死ねばよいと願わぬことはなかったが、自分の手でそうする悪心はなかった。しかし、嵐が満吉の悲しみと怒りとをむきだしにした。破滅の場にくれば善悪の観念は転倒する。

（敵は第四郎だ）

難破船のうえで、ふいに激した。

波にさらわれまいとして、思鶴はウインチにしがみついていた。その思鶴の闇を見とおす眼光に、拳をにぎりしめ、第四郎へ殺到してゆく海坊主のような満吉の姿がうつった。ためらわなかった。そこにころがっていたマグロたたき用の掛矢をつかむと、力にまかせて、満吉の背後から打ちかけた。後頭部をなぐられて、満吉は声もなくたおれた。

「第四郎さん、逃げましょう」

思鶴に手をとられて、第四郎も躊躇できなかった。海にとびこむと、船の破片をひろい、珊瑚礁とは逆の、荒れ狂う暗黒の沖合にむかって泳ぎだした。

エピロオグ

「まだわかりませんか?」

「はい、一向になんとも……」

久里浜の藤川家は憂色につつまれている。果物を買いにくるよりも見舞客の方が多い。

「お母さんの考えていたとおりになったよ」

母マキは、いつか、第四郎のあやつる自転車のうしろに乗って、走りながら息子としみじみ話しあった日のことが忘れられなかった。——お母さんはこわいことがある。なんだかはっきりしないときには、話しても通じないので、まあいいと思っているうちに、はっきりしたときにはとりかえしのつかぬことになっている。子供たちのことでなんどかそんなことがあった。どうも、こんどはおまえの番のようにある。……そんなことをいったら、第四郎は、お母さんは年とって愚痴っぽくなった、といって、一笑に付したのであった。

「池上の義兄《にい》さんもわるいわ」

弓子は、姉婿、岡村栄蔵の監督不行届きをうらんでいる語調だった。同じ家に住んでいるのに、無謀な挙をとめなかったばかりか、見送りに行って、第四郎君は見あげた男だ、などと煽動さえしたのである。

三崎町では、毎日二回、遠洋漁業に出ている船の消息を、ラジオで放送している。神奈川県水産試験所の無線電信局が、はるかの海洋から打信してくる多くの漁船の無電を一括し、案じている留守家族に知らせるのである。船の位置と漁労状態とは、手にとるようにわかった。それはそのまま日刊『三崎港報』に掲載される。

第二龍王丸も、『沖合漁況』の項に、毎日消息がのせられていたが、一月も終りに近づいたある日の新聞に、『帰航中、向風強、浪高、船進まず』と書かれたきり、消息を絶ったのであった。

まもなく、遭難の報がもたらされた。——場所は、沖大東島西南海域、中心示度一〇〇〇ミリバールを割る猛烈な台風の圏内にまきこまれ、珊瑚礁に乗りあげて、船体は木っ端みじんに大破、沈没、乗組員三十一名のうち、死者二、行方不明四、余は救出された。生存者中には、深海生物学研究のため便乗していた科学者、大学生の三名があるが、一名（藤川第四郎）は行方不明。なお行方不明者中には、船主玉城満吉の同伴者、宮里思鶴がある。遭難者には重軽傷者があり、目下、那覇の病院に収容されている。云々。……

千葉晴美は、油壷臨海実験所の『クラブ』に泊って、毎日、三崎の情報に注意していた。港に行き、城ケ島にもわたってみた。連日、寒風が吹きすさび、雪が降った。灯台も雪をかぶり、富士は純白だった。不安と焦燥に落ちつかず、晴美は彷徨した。もし第四郎さんが死んでいたら、自分も海で死のうと、灘ケ崎の尖端に荒れ狂って水しぶきをたてる波を見つめた。その悲しみの晴美を、久保木雪雄が責める。藤川はもう思鶴と二人、玉城満吉から殺された——そういって、結婚をせまるのであった。

「第四郎さんが、死ぬもんですか」

「まちがいないよ。でも万一がないでもない。……しかし、もし死んでいたら、僕と……」

「あなたは第四郎さんが死んでいることを、望んでいるのね。よろこんでいるのね。卑劣だわ。悪魔よ。おっしゃること、あたし、なにひとつ、信用しないんだから。……あのひとは死なないわ。きっと、かえって来るわ。にこにこ笑って――やあ、心配かけたなあ、……って、なんでもなかったような顔をして……」

それは単に久保木にたいする反発のみでなく、彼女もほんとうにそんな気がしてならなかった。

たかい椰子の葉が振子《ふりこ》のようにゆらいでいる。まがりくねってつづいている波うち際には、ぎらぎらとまぶしく白砂が光り、陽炎《かげろう》がほむらとなってたゆたっている。ところどころに、丸木の刳《くり》舟がつないである。暑い。

三十人くらいしか住んでいない、周囲二里ほどのこの絶海の孤島を、太平洋の波が洗う。空も海も青一色である。眼を細めずにはながめられない白銀の入道雲が、数ヵ所につきたっている。海岸には、林投《りんとう》、阿檀《あだん》、イカダカズラ、ハマユウ、などが咲きみだれ、女の髪のように気根をたらしたカジュマルの梢には、いりつけるほど油ぎった声で蝉が鳴いている。

龍舌蘭のしげみのかげに、腹ばいになって、第四郎と思鶴とは眼をこらしていた。二人とも裸にちかい。灼《や》けた砂のあつさは、じかに腹と臍をとおして、身体につたわる。二人の視線は渚の一点にそそがれていた。そこに、一匹の亀がいた。甲羅の長さが四尺ほどもある正覚坊《しょうかくぼう》である。

亀は奇妙な行動をしていた。汀から這いあがってきて、きょろきょろあたりを見まわしていたが、たれもいないと知ると、一本の椰子の根に穴を掘りはじめた。滑稽な恰好だが、存外に器用である。

平べったい前肢がシャベルのかわりになる。穴ができると、そのうえにぺたりと臀部をくっつけた。卵を産むらしい。難産らしく苦しんでいるのがわかる。しきりにまたたきをし、首を上げ下げする。涙をためているのかと思えるほど、うるんだ眼が光っている。やがて、産み終えると、穴へ砂をかぶせはじめた。みだれている砂のうえをきれいにならし、よくなでてわからないようにする。それから、またあたりをうかがいながら、汀の方へ去り、波にもぐってわからなくなった。

「卵、とって来ましょうか」

「よしなさいよ」

「正覚坊の卵って、とても滋養になるのよ」

「可哀そうだから……」

この島に漂着してから、海亀を見ることははじめてではなかった。島の人たちは戈《ほこ》で砂のうえから突いて、亀の卵をさがす。ピンポン玉のようなのが八十箇ほども入っている。親は卵の孵《かえ》る時期をよく知っていると見え、また海からやってくると、穴のところに来て待っている。きき耳をたてるようにしているが、そろそろ掘りはじめる。這い出して来た小さい亀の子たちを引率して、海にかえる。島の人は正覚坊を見つけると、捕えて、刺身、天ぷら、すきやきなどにして食べるのだった。

「きっと、龍宮はこの辺ね、お使いの亀が多いから。……竜宮城や亀の産卵場がわかっても、農学博士にはならないの?」

「もう、いいなさんな」

「ごめんなさい」

いたずららしく媚びをふくんで笑い、第四郎に抱きついてきた。

思鶴は満足しきって、幸福の絶頂にあるようであった。毒と鎖とをたちきった思鶴は、いま完全な自由の世界にいるのであった。歪《ゆが》められた青春から解放されて、恋愛の勝利者となったのである。彼女の肉体に巣喰っている妖しい原始の情熱は、いまもっともふさわしい舞台を得たといってよかった。歓喜が彼女の全身をつつんでいる。この島に永住して、第四郎と一生を終ることが、思鶴のいだいている胸のどきつくほど美しい夢であった。

しかし、すでに第四郎には倦怠の気がきざしていた。それは、罪と正義との問題を、空疎に、しかし必死に堂々めぐりする連日の苦悩と相俟って、もはや女と二人での島の生活を耐えがたいものにしていた。

(馬鹿なプロメテウスだ)

火をかかげるどころか、火をもってみずからをも人をも焼いたのである。兄のいつもいう言葉ではないが、「目的というものの現実的な魅力が、人間に錯覚をおこさせる」ことを、奈落に堕ちてはじめて知ったのであった。人間の誠実さというものが、そのまま正しさには通じない。誠実と情熱が、誤謬《ごびゅう》と過失の原因となることもあるのであった。りっぱな意志と勇気とをふるいおこして、地獄へ突進する場合だってある。——思鶴にとっては、この孤島は天国のようであったが、第四郎にとってはまさに地獄であった。

第四郎の脳裡に、城ケ島の白い灯台、油壷のよどんだ海、富士山、それから、故郷久里浜のペルリ記念碑、などが浮かんでくる。

——千葉晴美。

罪の意識とはげしい悔恨に、第四郎は日夜さいなまれた。晴美への慕情は、日とともに高まった。思鶴が陶酔した面持で、あの、「いかな天竺の鬼立《おにたち》の御門《おじょう》も、恋の道やれば、開きどしゆゆる」という、『手水の縁』の台詞を口ずさむのをきくと、嘔吐をもよおした。思鶴の愛情の濃《こま》やかさに、一点の非もあるわけはなかった。が、その献身は彼女の無知を掩いかくすように、ほとんど白痴的といってよかった。肉体と精神の結合と分離とが、頽廃の底で火花を散らす。学問も、研究も、思鶴には理解できぬのみか、いまは無用のものである。話題はとっくに尽きて、退屈さはただだらだらした愛撫によって換えられるのみだ。しかし、女にとっては、

天と地の中に生れたるしるし
若さ一時《ひととき》の花よ咲かさ

そのとおりになり、そして、

罪も我《わ》ね思《おま》ぬ命もまた思《おま》ぬ
如何《きや》ならはもままよ里《さと》と二人

その歌はいささかの誇張も嘘もない思鶴の本心であった。じっさいに大恩ある旦那満吉を殺した思鶴に、すこしの罪の観念も自省もないようであった。しかも、思鶴の肉体には満吉のにおいがしみこんでいる。それは煙草のにおいどころではなく、第四郎をおののかせた。

思鶴は老母のこともすこしも考えていないようであった。

第四郎は、また、はげしい使命感に憑かれていた。

(もう一度、ウナギ探険をやりなおしたい。ぜひ、やらねばならぬ。正しい方法で。……おれがやらなければ、だれもやる者はない)

思鶴という妖しい生活力を持つ女は、きっと、自分がいなくてもまた新しい運命を開拓するであろう。いや、玉城満吉は死んでいない。掛矢の一撃くらいで死ぬ男ではない。満吉は自分へ眼を光らして向ってきていたので、うしろから思鶴が打ったということは気づいていないにちがいない。破壊されればらばらになって横だおしになった船の、なにかが落下して当ったと思っているだろう。思鶴を怨むこころはあるまい。きっと、二人は、また結ばれるだろう——そうして、第四郎の脱出の決心はきまったのである。

この毛良島《けらじま》の位置は漠然とわかっている。絶海の孤島にはちがいないが、ひとり孤立しているわけでもない。島民はサバニという刳舟《くりぶね》をあやつって、ときどき、宮古島や八重山と交通している。言葉はひどくわかりにくいが、やはり方言のはなはだしい琉球語である。だから、思鶴はすぐに島民と親しくなったばかりか、これを手なずけた。

島民は第四郎と思鶴とが漂着したとき、異口同音に、

「アカングワーイユ、アカングワーイユ」

と叫んだ。

人魚という意味だが、そういう妖しい美しさをたたえた思鶴は、そのときから島民に一種神秘的な畏敬の念をいだかせて、上陸後の生活はすこぶる好都合にはこんだ。二人がこの島で暮らすに不自由ないだけのものは、島民の厚意と奉仕とによってたちまちしつらえられた。愛の巣ができたのである。

第二龍王丸が難破して、死者二、行方不明四を出したとき、毛良島にも、一度、捜索船が来た。しかし、思鶴によくいいふくめられていた島民が、たれも漂着していない旨を告げたのでそれきり跡絶《とだ》えた。

歓喜と幸福の絶頂にある思鶴は、お伽噺のような設計に有頂天になって、島の女王となり、第四郎との間に子供をたくさん生んで、孤島へ定着したいと願ったのである。

「ウンジュ、すばらしいじゃないの」

第四郎が慄然となるような幻想が、思鶴には現実であった。

星のあかるい夜、第四郎は島を出た。

『お許し下さい。幸福を祈る』

仮小屋の砂床のうえに、指で大きくそれだけを書きのこした。思鶴は熟睡していた。ランプの光りに浮きでているその寝顔に、（すみません）と、もう一度、心のなかでいった。

まだ昼間の暑さののこっている白砂を踏んで、渚に出た。椰子の列が風にざわめいている。たれもいない。あらかじめ用意しておいた一本の丸太につかまると、沖にむかって泳ぎだした。肌にさわる水はなまぬるい。フカの危険を慮《おもんぱか》って、島民が木や魚を裂くために使う鉈《なた》を腰にさした。

すみきった夜空に星があかるい。北斗七星を目標にして、ただ北にまっしぐらに進んだ。しだいに波が荒くなる。第四郎とて、泳いで日本へかえるつもりであったわけではない。夜があければかならず船に救われると考えたのであった。

夜があけたが、船の姿はなかった。一日中泳いで、また、日が暮れた。次の日も、次の日も、船に出あわなかった。三日目の夕暮、はるかの沖合を通る汽船に手旗を振ってみたが、そのまま通りすぎた。

食糧も尽き、さすがの第四郎も疲れた。全身がしびれたようで、手足の自由もきかなくなった。水がいくらか冷たくなってきたことで、熱帯圏をはずれつつあることだけはわかった。魚が第四郎を同類と思うのか、ならんで泳ぐ。飛魚の群のなかを抜ける。もはや第四郎は思考する力をうしない、夜も昼もわからなかった。死をも考えなかった。何日目かに、帆船の影を見たように思い、近くになにかの声をきいたような気がしたが、意識は朦朧としていた。ただ、コンパスのように正確に、身体だけが日本の方角へうごいていた。

三章　ウナギはおそろしい

狂歌・狂詩

大田南畝《おおたなんぽ》（蜀山人《しょくさんじん》、四方赤良《よものあから》）

寄鰻鱺恋

あなうなぎいづくの山のいもとせをさかれてのちに身をこがすとは　（万載狂歌集、蜀山百首）

高はし屋がうなぎをたゝえて

江戸前のうなぎの筋は筋違の新石町のその名高はし　（紅梅集）

高橋鰻鱺　高橋在新石町　（高橋のウナギ　高橋は新石町にあり）

大和田遠深川深　（大和田は遠く、深川は深し）
鄽小高橋勝大金　（店は小なれども、高橋は大金に勝れり）
春木何如鈴木久　（春木は鈴木の久しきにいかん）
森山不負富山心　（森山は負けず、富山の心）　（紅梅集）

魚妖

岡本綺堂《おかもときどう》

むかしから鰻《うなぎ》の怪を説いたものは多い。これは彼《か》の曲亭馬琴《きょくていばきん》の筆記に拠ったもので、その話をして聴かせた人は決して嘘をつくような人物でないと、馬琴は保証している。

その話はこうである。

上野の輪王寺宮《りんのうじのみや》に仕えている儒者に、鈴木一郎という人があった。名乗りは秀実《ひでざね》、雅号は有年《ゆうねん》といって、文学の素養もふかく、馬琴とも親しく交際していた。

天保三、壬辰《みずのえたつ》年の十一月十三日の夜である。馬琴は知人の関瀼南《こうなん》の家にまねかれて晩餐の馳走《ちそう》になった。有名な気むずかしい性質から、馬琴には友人というものが極めて少い。ことに平生《へいぜい》から出不精を以て知られている彼が十一月――この年は閏年《うるうどし》であった――の寒い夜に湯島台までわざわざ出かけて行ったくらいであるから、瀼南とはよほど親密にしていたものと察せられる。酒を飲まない馬琴はすぐに飯の馳走になった。灯火《あかり》の下で主人と話していると、外では風の音が寒そうにきこえた。ふたりのあいだには今年の八月に仕置になった、鼠小僧の噂などが出た。

そこへ恰《あたか》も来あわせたのは、かの鈴木有年であった。有年は実父の喪中であったが、馬琴が今夜ここへ招かれて来るということを知っていて、食事の済んだ頃を見はからって、わざと後れて顔を出したのであった。かれの父は伊勢の亀山藩の家臣で下谷《したや》の屋敷内に住んでいたが、先月の二十二日に七十二歳の長寿で死んだ。かれはその次男で、遠い以前から鈴木家の養子となっているのであるが、兎《と》も角《かく》もその実父が死んだのであるから、彼は喪中として墓参以外の外出は見あわせなければならなかった。併《しか》しこの潢南の家はかれの親戚に当っているのと、今夜は馬琴が来るというのとで、有年も遠慮なしにたずねて来て、その団欒《だんらん》に這入《はい》ったのである。

馬琴は元来無口という人ではない。自分の嫌いな人物に対して頗る無愛想であるが、こころを許した友に対しては話はなかなか跳《はず》む方であるから、三人は火鉢を前にして、冬の夜の寒さを忘れるまでに語りつづけた。そのうちに何かの話から主人の潢南はこんなことを言い出した。

「御承知かしらぬが、先頃ある人からこんなことを聴きました。日本橋の茅場町《かやばちょう》に錦とかいう鰻屋があるそうで、そこの家では鰻や泥鰌《どじょう》のほかに泥鼈《すっぽん》の料理も食わせるので、なかなか繁昌するということです。その店は入口が帳場になっていて、そこを通りぬけると中庭がある。その中庭を廊下づたいに奥座敷へ通ることになっているのですが、ここに不思議な話というのは、その中庭には大きい池があって、そこに沢山のすっぽんが放してある。天気のいい日にはそのすっぽんが岸へあがったり、池のなかの石に登ったりして遊んでいる。ところで、客がその奥座敷へ通って、うなぎの蒲焼や泥鰌鍋をあつらえた時には、かのすっぽん共は平気で遊んでいるが、もし泥鼈をあつらえると、彼等はたちまちに水のなかへ飛び込んでしまう。それはまったく不思議で、すっぽんという声がきこえると、沢山のすっぽんがあわてて一度に姿をかくしてしまうそうです。かれらに耳があるのか、すっぽんと聞けば我身の大事と覚《さと》るのか、なにしろ不思議なことで、それをかんがえると、泥鼈を食うのも何だか忌《いや》になりますね。」

有年はだまって聴いていた。馬琴はしずかに答えた。

「それは初耳ですが、そんなことが無いとも云えません。これはわたしの友達の小沢蘆庵《おざわろあん》から聴いた話ですが、蘆庵の友だちに伴蒿蹊《ばんこうけい》というのがあります。ご存じかも知れないが、蘆庵、蒿蹊、澄月《ちょうげつ》、慈延《じえん》といえば平安の四天王と呼ばれる和歌や国学の大家ですが、その蒿蹊がこういう話をしたそうです。家の名は忘れましたが、京に名高いすっぽん屋があって、そこへある人が三人づれで料理を食いに行くと、その門口《かどぐち》に這入ったかと思うと、ひとりの男が急に立ちどまって、おれは食うのを止《よ》そうという。ほかの二人もたちまち同意して引返してしまった。見ると、おたがいに顔の色が変っている。まず一、二町のあいだは黙って歩いていたが、やがてそのひとりが最初帰ろうと云い出した男に向って、折角ここまで足を運びながらなぜ俄《にわ》かに止めると言い出したのかと訊《き》くと、その男は身をふるわせて、いや実に怖ろしいことであった。あの家の店へ這入ると、帳場のわきに大きなすっぽんが炬燵《こたつ》に倚《よ》りかかっていたので、これは不思議だと思ってよく見ると、すっぽんでなくて亭主であった。おれは俄かにぞっとして、もうすっぽんを食う気にはなれないので、早々に引返して来たのだという。それを聞くと、ほかの二人は溜息《ためいき》をついて、実はおれ達もおなじものを見たので、お前が止そうと云ったのを幸いに、すぐに一緒に出て来たのだという。その以来、この三人は決してすっぽんを食わなかったということです。それは作り話でなく、蒿蹊がまさしくその中のひとりの男から聴いたのだと云います。」

有年はやはり黙って聴いていた。澌南は聴いてしまって溜息をついた。

「なるほど、そういう不思議が無いとは云えませんね。おい、一郎。おまえの叔父さんのようなこともあるからね。お前、あの話を曲亭先生のお耳に入れたことがあるか。」

「いいえ、まだ……。」と、有年は少し渋りながら答えた。

「こんな話の出たついでだ。おまえも叔父さんの話をしろよ。」と、澌南は促《うなが》した。

「はあ。」

有年はまだ渋っているらしかった。有年の叔父という人は若いときから放蕩《ほうとう》者で、屋敷を飛び出して何かの職人になっているとかいう噂を馬琴も度々聞いているので、その叔父について何か語るのを甥の有年も流石《さすが》に恥じているのであろうかと思いやると、馬琴もすこし気の毒になった。上野の五つ（午後八時）の鐘がきこえた。

「おお、もう五つになりました。」と、馬琴は帰り支度にかかろうとした。

「いや、まだお早うございます」と、有年は押止《おしとど》めた。「今もここの主人に云われたのですが、実はわたくしの叔父について一つの不思議な話があるのを、今から五年ほど前に初めて聴きました。まことにお恥かしい次第ですが、私の叔父というのは箸にも棒にもかからない放蕩者で、若いときから町屋《まちや》の住居《すまい》をして、それからそれへと流れ渡って、とうとう左官屋になってしまいました。それでもだんだんに年を取るにつれて、職もおぼえ、人間も固まって、今日《こんにち》ではまず三、四人の職人を使い廻してゆく親方株になりましたので、ここの家へもわたくしの家へも出入りをするようになりました。そういう縁がありますので、わたくし共の家で壁をぬり換える時に、叔父にその仕事をたのみますと、叔父は職人を毎日よこしてくれまして、自分もときどきに見廻りに来ました。そこで、ある日の昼飯にうなぎの蒲焼を取寄せて出しますと、叔父は俄かに顔の色を変えて、いや、鰻は真平《まっぴら》だ。早くあっちへ持って行ってくれと云うのです。これが普通の職人ならば、うなぎの蒲焼などを食わせる訳もないのですが、職人と云っても叔父のことですから、わたくし夫婦も気をつけてわざわざ取寄せて出したのに、見るのも忌《いや》だと云われると、こっちもなんだか詰《つま》らないような気にもなります。殊《こと》に家内は女のことですから、すこし顔の色を悪くしたので、叔父も気の毒になったらしく、これには訳のあることだから勘忍《かんにん》してくれ。ともかくも江戸の職人をしていて、鰻が嫌いだなどというのは可笑《おか》しいようだが、おれは鰻を見ただけでも忌な心持になる。と云ったばかりでは判るまい。まあこういうわけだと、叔父が自分のわかい時の昔話をはじめたのです。」

有年の叔父は吉助というのであるが、屋敷を飛び出してから吉次郎と呼んでいた。かれは左官屋になるまでに所々をながれあるいて、色々のことをしていたらしい。それについては吉次郎も一々委《くわ》しく語らなかったが、この話はかれが二十四五の頃で、浅草のある鰻屋にいた時の出来事である。最初は鰻裂きの職人として雇われたのであるが、ともかくも武家の出で、読み書きなども一と通りは出来るのを主人に見込まれて、そこの家《うち》の養子になった。そうして、養父と一緒に鰻の買い出しに千住《せんじゅ》へも行き、日本橋の小田原町へも行った。

ある夏の朝である。吉次郎はいつもの通りに、養父と一緒に日本橋へ買い出しに行って、幾笊《ざる》かのうなぎを買って、河岸《かし》の軽子《かるこ》に荷《にな》わして帰った。暑い日のことであるから、汗をふいて先ず一と休みして、養父の亭主がそのうなぎを生簀《いけす》へ移し入れようとすると、そのなかに吃驚《びっくり》するほどの大うなぎが二匹まじっているのを発見した。亭主は吉次郎をよんで訊《き》いた。

「河岸で今日仕入れたときに、こんな荒い奴はなかったように思うが、どうだろう。」

「そうですね。こんな馬鹿にあらい奴はいませんでした。」と、吉次郎も不思議そうに云った。

「どうして蜿《のた》り込んだか知らねえが、大層な目方でしょうね。」

「おれは永年この商売をしているが、こんなのを見たことがねえ。どこかの沼の主《ぬし》かも知れねえ。」

ふたりは暫くその鰻をめずらしそうに眺めていた。実際、それはどこかの沼か池の主とでもいいそうな大鰻であった。

「なにしろ、囲って置きます。」と、吉次郎は云った。「近江《おうみ》屋か山口屋の旦那が来たときに持ち出せば、屹《きっ》と喜ばれますぜ。」

「そうだ。あの旦那方のみえるまで囲っておけ。」

近江屋も山口屋も近所の町人で、いずれも常得意のうなぎ好きであった。殊《こと》にどちらも鰻のあらいのを好んで、大串ならば価《あたい》を論ぜずに貪《むさぼ》り食うという人達であるから、この人達のまえに持ち出せば、相手をよろこばせ、併《あわ》せてこっちも高い金が取れる。商売として非常に好都合であるので、沼の主でもなんでも構わない、大切に飼っておくに限るという商売気がこの親子の胸を支配して、二匹のうなぎは特別の保護を加えて養われていた。

それから二、三日の後に、山口屋の主人がひとりの友だちを連れて来た。かれの口癖で、門《かど》をくぐると直《す》ぐに訊いた。

「どうだい。筋のいいのがあるかね。」

「めっぽう荒いのがございます。」と、亭主は日本橋で彼《か》の大うなぎを発見したことを報告した。

「それはありがたい。すぐに焼いて貰おう。」

ふたりの客は上機嫌で二階へ通った。待ち設けていたことであるから、亭主は生簀からまず一匹の大うなぎをつかみ出して、すぐにそれを裂こうとすると、多年仕馴《しな》れた業《わざ》であるのに、何《ど》うしたあやまちか彼は鰻錐《きり》で左の手をしたたかに突き貫いた。

「これはいけない。おまえ代って裂いてくれ。」

かれは血の滴る手をかかえて引っ込んだので、吉次郎は入れ代って俎板《まないた》にむかって、いつもの通りに裂こうとすると、その鰻は蛇のようにかれの手へきりきりとからみ付いて、脈の通わなくなるほどに強く締めたので、左の片手はしびれるばかりに痛んで来た。吉次郎もおどろいて少しくその手をひこうとすると、うなぎは更にその尾をそらして、かれの脾腹《ひばら》を強く打ったので、これも息が止まるかと思うほどの痛みを感じた。かさねがさねの難儀に吉次郎も途方にくれたが、人を呼ぶのも流石に恥かしいと思ったので、一生懸命に大うなぎをつかみながら、小声でかれに云いきかせた。

「いくらお前がじたばたしたところで、所詮《しょせん》助かる訳のものではない。どうぞおとなしく素直に裂かれてくれ。その代りにおれは今日かぎりで屹《きっ》とこの商売をやめる。判ったか。」

それが鰻に通じたとみえて、かれはからみ付いた手を素直に巻きほぐして、俎板の上で安々と裂かれた。吉次郎は先ず安心して、型のごとくに焼いて出すと、連れの客は死人を焼いたような匂いがすると云って箸を把《と》らなかった。山口屋の主人は半串ほど食うと、俄かに胸が悪くなって吐き出してしまった。

その夜なかの事である。うなぎの生簀のあたりで凄まじい物音がするので、家内の者はみな眼をさました。吉次郎はまず手燭《てしょく》をとぼして蚊帳《かや》のなかから飛び出してゆくと、そこらには別に変った様子も見えなかった。夜中は生簀の蓋の上に重い石をのせて置くのであるが、その石も元のままになっているので、生簀に別条はないことと思いながら、念のためにその蓋をあけて見ると、沢山の鰻は蛇のように頭をあげて、一度にかれを睨んだ。

「これもおれの気のせいだ。」

こう思いながらよく視ると、ひとつ残っていた彼の大うなぎは不思議に姿を隠してしまった。一度ならず、二度三度の不思議をみせられて、吉次郎はいよいよ怖ろしくなった。かれは夏のみじか夜の明けるを待ちかねて、養家のうなぎ屋を無断で出奔《しゅっぽん》した。

上総《かずさ》に身寄りの者があるので、吉次郎は先ずそこへ辿り著《つ》いて、当分は忍んでいる事にした。併し一旦その家の養子となった以上、いつまでも無断で姿を隠しているのはよくない。万一養家の親たちから駈落《かけおち》の届けでも出されると、おまえの身の為になるまいと周囲の者からも注意されたので、吉次郎は二月ほど経ってから江戸の養家へたよりをして、自分は当分帰らないと云うことを断ってやると、養父からは是非一度帰って来い、何かの相談はその上のことにすると言って来たが、もとより帰る気のない吉次郎はそれに対して返事もしなかった。

こうして一年ほど過ぎた後に、江戸から突然に飛脚が来て、養父はこのごろ重病で頼みすくなくなったから、どうしても一度戻って来いと云うのであった。あるいは自分をおびき寄せる手だてではないかと一旦は疑ったが、まだ表向きは離縁になっている身でもないので、仮にも親の大病というのを聞き流していることも出来まいと思って、吉次郎は兎《と》も角《かく》も浅草へ帰ってみると、養父の重病は事実であった。しかも養母は密夫《みっぷ》をひき入れて、商売には碌々《ろくろく》に身を入れず、重体の亭主を奥の三畳へなげ込んだままで、誰も看病する者もないという有様であった。

余事《よじ》はともあれ、重病の主人を殆ど投げやりにして置くのは何事であるかと、吉次郎もおどろいて養母を詰《なじ》ると、彼女の返事はこうであった。

「おまえは遠方にいて何にも知らないから、そんなことを云うのだが、まあ病人のそばに二三日付いていて御覧、なにも彼もみんな判るから。」

何しろ病人をこんなところに置いてはいけないと、吉次郎は他の奉公人に指図して、養父の寝床を下座敷に移して、その日から自分が付切りで看護することになったが、病人は口をきくことが出来なかった。薬も粥も喉へは通らないで、かれは水を飲むばかりであった。彼はうなぎのように頬をふくらせて息をついているばかりか、時々に寝床の上で泳ぐような形をみせた。医者もその病症はわからないと云った。しかし吉次郎にはひしひしと思い当ることがあるので、その枕もとへ寄付かない養母をきびしく責める気にもなれなくなった。彼はあまりの浅ましさに涙を流した。

それから二月ばかりで病人はとうとう死んだ。その葬式が済んだ後に、吉次郎はあらためて養家を立去ることになった。その時に彼は養母に注意した。

「おまえさんも再びこの商売をなさるな。」

「誰がこんなことをするものかね。」と、養母は身ぶるいするように云った。

吉次郎が左官になったのはその後のことである。

ここまで話して来て、鈴木有年は一と息ついた。三人の前に据《す》えてある火鉢の炭も大方は白い灰になっていた。

「なんでもその鰻というのは馬鹿に大きいものであったそうです。」と、有年は更に付加えた。

「叔父の手を三まきも巻いて、まだその尾のさきで脾腹を打ったというのですから、その大きさも長さも思いやられます。打たれた跡は打身《うちみ》のようになって、今でも暑さ寒さには痛むということです。」

それから又色々の話が出て、馬琴と有年とがそこを出たのは、その夜ももう四つ（午後十時）に近い頃であった。風はいつか吹きやんで、寒月が高く冴えていた。下町の家々の屋根は霜を置いたように白かった。途中で有年にわかれて、馬琴はひとりで歩いて帰った。

「この話を斎藤彦麿《ひこまろ》に聞かしてやりたいな。」と、馬琴は思った。「彦麿はなんというだろう。」

斎藤彦麿はその当時、江戸で有名の国学者である。彼は鰻が大すきで、毎日殆どかかさずに食っていた。それは彼の著作、「神代余波《かみよのなごり》」のうちにこういう一節があるのを見てもわかる。

――かば焼もむかしは鰻の口より尾の方へ竹串を通して丸焼きにしたること、今の鯿《ぼら》このしろなどの魚田楽《ぎょでんがく》の如くにしたるよし聞き及べり。大江戸にては早くより天下無双の美味となりしは、水土よろしきゆえに最上のうなぎ出来て、三大都会にすぐれたる調理人群居すれば、一天四海に比類あるべからず、われ六七歳のころより好み食《くら》いて、八十歳までも無病なるはこの霊薬の効験にして、草根木皮のおよぶ所にあらず。

東京日記

内田百閒《うちだひゃっけん》

その一

私の乗った電車が三宅坂を降りて来て、日比谷の交叉点に停まると車掌が故障だからみんな降りてくれと云った。

外には大粒の雨が降っていて、辺りは薄暗かったけれど、風がちっともないので、ぼやぼやと温かった。まだそれ程の時刻でもないと思うのに、段段《だんだん》空が暗くなって、方方《ほうぼう》の建物の窓から洩れる灯りが、きらきらし出した。

雨がひどく降っているのだけれど、何となく落ちて来る滴《しずく》に締まりがない様で、雨傘を敲《たた》く手応えもせず、裾《すそ》に散りかかる滴はすぐに霧になって、そこいらを煙らせている様に思われた。

辺りが次第にかぶさって来るのに、お濠《ほり》の水は少しも暗くならず、向う岸の石垣の根もとまで一ぱいに白光りを湛《たた》えて、水面《みなも》に降って来る雨の滴を受けていたが、大きな雨の粒が落ち込んでも、ささくれ立ちもせず、油が油を吸い取る様に静まり返っていると思う内に、何だか足許《あしもと》がふらふらする様な気持になった。

安全地帯に起《た》っている人人が、ざわざわして、みんなお濠の方を向いている。白光りのする水が大きな一つの塊りになって、少しずつ、あっちこっちに揺れ出した。ゆっくりと、空が傾いたり直ったりするのかと思われる位にゆさりゆさり動いているので、揺れている水面を見つめていると、こっちの身体が前にのめりそうであった。

急に辺りが暗くなって、向う岸の石垣の松の枝が見分けられなくなった。水の揺れ方が段段ひどくなって、沖の方から差して来た水嵩《みずかさ》は、電車通の道端《みちばた》へ上がりそうになったが、それでも格別浪立《なみだ》ちもせず、引く時は又音もなく向うの方へ辷《すべ》る様に傾いて行った。

水の塊りがあっちへ行ったり、こっちへ寄せたりしている内に、段段揺れ方がひどくなると思っていると、到頭《とうとう》水先が電車道に溢れ出した。往来に乗った水が、まだもとのお濠へ帰らぬ内に、丁度《ちょうど》交叉点寄りの水門のある近くの石垣の隅《すみ》になったところから、牛の胴体《どうたい》よりもっと大きな鰻《うなぎ》が上がって来て、ぬるぬると電車線路を数寄屋橋《すきやばし》の方へ伝い出した。頭は交叉点を通り過ぎているのに、尻尾《しっぽ》はまだお濠の水から出切らない。

辺りは真暗になって、水面の白光りも消え去り、信号灯の青と赤が、大きな鰻の濡《ぬ》れた胴体をぎらぎらと照らした。

ずるずると向うへ這《は》って行って、数寄屋橋の川へ這入るつもりか、銀座へ出ようとしているのか解らないが、私はあわてて駐車場の自動車に乗り込み、急いで家の方へ走らせようとしたけれど、どの自動車にも運転手がいなかった。

それでまたその辺りをうろうろして、有楽町のガードの下に出たが、大きな鰻はもういなかったけれど、さっき迄静まり返っていた街の人人が、頻《しき》りに右往左往している。方方の建物や劇場の雨に濡れている混凝土《コンクリート》や煉瓦《れんが》の縁《ふち》を、二寸か三寸ばかりの小さな鰻があっちからもこっちからも這い上がって、あんまり沢山重なり合ったところは、黒い綱を揉《も》み上げるように撚《よじ》れていたが、何階も上の窓縁まで届くと、矢っ張《やぱ》りそれがばらばらになって、何処《どこ》かの隙間《すきま》から、部屋の中に這い込んで行くらしい。

その内に空の雨雲が街の灯りで薄赤くなって、方方の灯りに締まりがなくなって来た。

海鰻荘《かいまんそう》奇談《きだん》

香山《かやま》　滋《しげる》

第一話（解説）

「あなたが五美雄《ごびお》さんの受持の福山清先生ですか？　私富川孝一です。初めまして。いや私こそどうぞよろしく。で、私に何か、そうですか――明日の五美雄さんの誕生祝賀晩餐会に先生をお招きしてあるということは五美雄さんからも聞いていましたが、それで初めて訪ねる『海鰻荘《かいまんそう》』に就いて何か予備知識を得て置きたいので、私に話せと仰言《おっしゃ》るのですか、どうも弱りましたな。それは、まあ私はここの、博士《せんせい》の私立臨海実験所の主任に坐ってもいますし、博士の御家庭にも始終出入りして、もうかれこれ十年にもなるのですから、ある程度いろいろの事を知ってはいますが――さて改まって予備知識をなどと求められると、さあ、何から御話してよいやら。勿論あの宏壮な『海鰻荘』についてのは、知っている限りのことはお話し致しますが――あなたにもそれが一番の興味の焦点だと思いますが、それにには矢張りある程度、博士の性格なり、御家庭の内幕のことなどにも触れなければ、ほんとうの興味は湧いて来ないのです。どうも私の口から博士の御家庭のことまで喋舌《しゃべ》るのは……いや、それは御尤もです。あなたが五美雄さんの受持の先生として、殊に五美雄さんが中華の混血児でもあり、御承知のように陰気な一寸不可解な児でもありますから、先生が受持教師の立場として、そうした面にもある心構えを持っていたい、と仰言るのは御尤もなことです――よろしゅうございます。話が下手で、ごたごたと順序もなく申上げますから、そこは先生の頭の中で御整理を願うこととして、私の知っているだけのことは申上げましょう。ま、ひどい暑さです。上衣をお脱《と》り下さい、私も失礼します。さいわい、モカの珈琲がありますから淹《い》れさせましょう。私も丁度、ある統計が仕上ったので、今夜はひさしぶりに暇です、どうぞ御ゆっくりしていって下さい。

古めかしい言い方ですが、まず『海鰻荘縁起』とでもいうところから初めましょうか。世間では、あの岬ちかくの高台にある宏壮な本宅と、遊泳池《プール》のある別館とをひっくるめて『海鰻荘』という名で称《よ》んでいますが、本来『海鰻荘』というのは、正確に言えば、あとから出来た、あのプールのある別館――それ自体が大温室なのですが――を指すものなのです。最初は、何々荘などという名前はなかったのですが、博士がそのプールに『うつぼ』、御存じでしょうか、この辺ではキダコと言っていますが、鰻《うなぎ》に似て、美しい黄褐色の肌に茶褐色の斑紋《はんもん》のある、そう鰻というよりもむしろ海蛇ですね、顔の獰猛《どうもう》な、歯のするどい、いやらしい生物《いきもの》ですが、それを飼い初めてから、ここの郵便局長が、そいつを海の鰻に見たてて、海鰻《かいまん》を飼う館《やかた》、という意味から『海鰻荘』と名付けたのです。博士は、面白いな、カイマンはいい、だが独逸《ドイツ》語ではKaiman《カイマン》というのは『わに』のことだぜ、わしは『わに』は好かん。東京に広瀬巨界という知人がおるが、こいつは鰐《わに》ばかり飼っておる、むしろそいつの屋敷にこの名前を進呈すべしだ、だがまあいい、『海の鰻』が気に入った――博士は大笑して、それから自分でも『海鰻荘』という名前を大っぴらに使い初めたのです。その郵便局長ですか？もう故人になられましたが、博士の無二の飲み相手で、今居られれば、私などよりも寧《むし》ろその人にお話を聞かれた方が、ずっと材料も豊富にあるのですが。兎《と》に角《かく》その局長は『海鰻荘』名付けの親として、お礼に見事な局舎を博士に建てて貰ったのですよ——そう、あれです、三等郵便局のくせに、どこかの領事館とでもいった風な立派なものですね——言い忘れましたが博士はたいへんな金持です。さあ、とても想像がつきません、何でもその莫大な財産は曽祖父あたりから受けついだものらしい——これはその郵便局長から私が聞いたところですが、何でも博士の曽祖父とかいう人は加賀侯《さま》のお川漁師《かわし》——つまり殿様の御抱え漁師で、潜水《もぐり》の名人だったそうです。その人がふとした機会に、途方もない金塊の埋蔵された川底の洞窟をさぐりあてたのだそうです、お伽噺《とぎばなし》ですよ、まったく、いずれは昔のことですから、山賊とか海賊とかの隠匿物か、あるいは何かの謀叛《むほん》のための軍用金とか——兎に角、それが代々無事に引きつがれて、そっくり博士の所有になったのだそうです。その金で博士はあの宏大な邸宅も、ここの臨海実験所も建てられたのですが——どれ程の財力やら、いまお話したように一寸したお礼心にも何百万円という家を建ててやって、けろりとしていられるのですから、生やさしいものではないのです。大分話が脱線したようですね。

博士は、たいへん晩《おそ》く、三十三の時に結婚されました。今年博士は丁度五十になられますから、そう十八年前になります。恵美《えみ》夫人は実に美しい女《ひと》だったそうです。これも、その局長の話の受け売りになりますが、当時の博士も、今でもそうですが、中々堂々たる体躯の持ち主で、機智縦横の局長の言葉を借りて言えば、ツェッペリンのエッケナー博士だというのです。明日お会いしたら成る程と感心なさるでしょう。ただ、今では博士は、頤鬚《あごひげ》、口髭《くちひげ》で埋まっていますから、あの顔から毛を取り除いてみるとそっくりですよ。勿論ロマンスがありますが、その辺は一寸私の口から申上げにくいところなのですが、言わなければ、あとあとの関連が曖昧《あいまい》になりますから、博士には非礼の限りですが、ま、局長に話をしてもらっていることに逃げを打って、ぶちまけましょう。

博士はその頃、もはや日本の水産学界、特に応用漁業方面では押しも押されもせぬ権威として認められていました。トロール船遠洋漁業、飛行機による鰹の廻游発見法、集魚灯の応用、鮎の人工増殖等々の輝かしい幾多の業績を遂げられており、世界の学界から贈られた学位だけでも十指にあまる秀物であり、殊に三千噸《トン》級の蟹工船《かにこうせん》を何百隻もカムチャツカに出漁させている日華合弁の水産商会の社長でもあったのです。その博士に選ばれた好運の花嫁、恵美夫人は、その水産商会の監査役の娘なのですが、博士は彼女が十六の頃から思いをかけて二年越し、彼女が十八のとき妻として迎えることが出来たのでした。ここで恵美夫人のことを少し申上げて置かねばなりません。勿論彼女は素晴らしい美人でした。博士はいのちをかけて恋されたのです。彼女を得るためには、それこそ、地位も財産も一擲《いってき》して省みなかったことでしょう。しかし当の彼女には相思の男《ひと》があったのです。同じ商会の社員某で、何の取柄もない平凡人でしたが、彼女を愛する熱情にかけては、博士に劣らぬものがあったかと思われます。博士はそれを知っておりました。そしてあらゆる術策を弄して二人の仲を割いたのです。が、結婚式を挙げた時、彼女がすでに某の胤《たね》を宿していたことは流石の博士も知る由もありません。

それは兎も角、博士が、十六の彼女を見初《みそ》めた時、彼女を迎えるべく起工し、結婚の年出来上ったのが、あの別館、プールのある大温室、後にいうところの『海鰻荘』なのです。ですから初めはいわば、花嫁を迎えるための地上の天国として企画されたものなのです。プールの深さは一番深いところで十米《メートル》、周囲の浅いところは一米にも及びませんが、幅五百米、奥行百米ですから面積にすると約一万坪、これに要する水量は六十万ガロン、あの円筒を圧潰した型のガソリン運搬車で運ぶとすると約一千五百台を要するのです。勿論温室ですから、周囲天井全部ガラス張りで、その中に一万坪のプールがすっぽり収まり、尚周囲にほぼ同坪数のテラリウムが作られているのですから、その構想の雄大さは驚く外ありません。しかも外界との境は広大な庭を距ててコンクリートの壁をめぐらしてあるのですから、中世紀の都市の城壁と何等変りはありません。給水用の大タンク——恐らく容量五万ガロンは下りますまい、とそれに附属する直径四米の大鉄管が給水用五本、海中に開口する排水用五本、諸種の電気装置、炭素浄化装備、金にあかせて各国から集めた珍獣、花卉《かき》を含めた総経費一億二千万円！　これが愛する恵美夫人への新婚のお祝いものだったのです。博士という人は、そういう途方もないことをやってのける人です。後に謂《い》う『海鰻荘』もこの時は全く地上天国ともいうべきものだったそうです。財力の限り、人智の限りを尽して出現させたこの楽園《パラダイス》は明らかに神への反逆とも言えましょうか。まあ、ちょっと目をつぶって、その情景を想像して見て下さい。プールとはいえ一万坪の対岸はぼうと霞んで見えるくらいです。殊に紫外線を浸透させる特殊硝子総張りの水晶宮の内部に水蒸気が立ちこめた時などは湖水のごとくおもわれたことでしょう。プールには新婚の夫婦になぞらえて金王魚《ゴールデン・モナーク》（Symphysodon discus）、天使魚《シルヴァー・エンゼル》（Pterophyllum scalare）各三万組を放ったということです。これは博士が、独逸《ドイツ》ハンブルグの熱帯魚商に発注し、その魚商は特別仕立の汽船三隻を南米アマゾンに派遣したそうです。大鬼蓮《おおおにばす》（Victoria regia）は、四時《しじ》巨大な花を浮べ、マンゴー（Garcinia mangostina）は求むるままに実を絶やさず。おおるりあげは（Papillio Malayana）と極楽鳥（Paradisea apoda）とは、この大温室内に孵化するとさえいわれたものです。温室内の空気は、数千種の蘭から放たれる芳香に、醞醸《うんじょう》され、初めて歩を入れたものは呼吸困難に陥るとさえ云われていました。

さすがに、恵美夫人も、一時は黄金の魔力の前に、涙もかわいて、この地上天国に博士の抱擁を受ける気持ちにもなったことでしょう。ですが、それはとうてい永続きのするものではなかったのです。バビロンの王妃も、シバの女王も、これ程の豪奢な生活をしたとは思われぬ生活の中にいても、夫人の胸中は涙で一杯だったに違いありません。しかも腹の某の子は間もなく生れ出る運命にあったのです。その春、博士はシベリア経由で、伯林《ベルリン》に催される万国水産学協会連合大会に出席する為、二ヵ月の旅程で出掛けられました。その留守に夫人は分娩しました。女の子です。それが今の真耶《まや》さんです。夫人は博士の滞在しているホテルに電報で、あなたの女児が生れた、と報じました。博士からは折返し祝電が来て、自分はきょう、大会の席で『くもがに』の新種発表の論文を読んだ、その記念に、『くもがに』の拉典《ラテン》名Maja《マヤ》をとって真耶と名付けよ、そして、早く我が子の顔が見たいから、旅程を繰上げて旅客機で帰る、と言って寄越しました。しかも、その電報を受け取った日に、ひょっこり訪れて来たのが、真耶さんの真実の父親、某だったのです。ここに悲劇が起らない筈はないでしょう。恵美夫人は、ついに博士から去る決心を固めました。天国も、宝石も、衣裳も、もはや彼女には塵芥にひとしかったのです。彼女は着のみ着のままで、真耶さんを抱いて、某氏と邸を出奔したのです。

運命は苛酷でした。あなたは聞いて知っておられましょうが、富士川鉄橋が崩れて、東海道線下り列車が墜落し、乗客の大半が惨死した未曽有の事故のあったことを。某氏の郷里に一時身をひそめるため、その列車に乗合わせた二人は、不幸にもその犠牲となり、赤ん坊だけは奇蹟的に怪我もなく助かったのです。結局真耶さんは博士の手許に残されたのでした。その時の博士の心情は、もはや私などの伺い知るをゆるしません。ただ、私はこれだけのことを申上げて置きましょう。博士は限り無く恵美夫人を憎みました。これはむしろ当然なことでしょう。ただその憎しみの度合いが、常人には想像出来ぬ程強かったことです。その表現《あらわれ》のひとつとして、嘗《か》つて博士は、熱帯魚の群を放って、最愛の夫人を祝福したあのプールに、この世で最も醜怪な魚『うつぼ』を放って、天国と地獄とを置き代えたのでした。しかし、こんな間接的な仕方で、博士の怨情は癒やさるべくもありません。それかと言って、報いるべき当の相手が死んでしまったのですから、どうすることも出来るものではありません。あなたは、ここで何か思いあたることがありませんか？　そうです、恐ろしいことですが、そうなのです。博士の呪の眼は、裏切者の遺児、可憐な真耶さんに向けられたのです。おもてむき、戸籍も当然博士の長女でありながら、そうした訳で、真耶さんが博士の真実の子でないことは御諒解がいったことと思われます。ただ不可解なことは、その後の博士の態度です。真耶さんを特別憎みもしない代りに、特別可愛がりもせず、淡々とした生活が続けられて来ていることです。それだけに、そのこと自体に何かゾッとする冷たさを感じられてならないのです。ああ私だけの杞憂《きゆう》に終ってしまってくれればよいのですが、真耶さんも今年十八、美しく成長されました。明日お会いすることでしょうが、洋画家、藤島光太郎氏と許婚《いいなずけ》の仲になっております。ここまでお話して来ると、当然、真耶さんについても、少し説明すべきですね。――さあ、珈琲が来ました。冷めない内にどうぞ。これは博士から戴いたモカですが、一寸変なものが入っているのです。ははは、恐がらないでもよろしいですよ。内しょですが、ちょっぴり、阿片が混じっているだけです。おいやでなかったらどうぞ――

真耶さんは、お母さんにそっくりだそうです。漁師の石部辰五郎、もう七十近い老人ですが、元気な人です。あの人がよく私に言い言いします。真耶さんを見ると博士の奥さんと間違える、笑うと出来る右頬のえくぼまで似てなさる、博士だって、きっとそう思っているに違いない、無理もない、真耶さんは十八になられた。奥さんが博士のところにお輿入《こしい》れになったのが十八――似て居られるに不思議はなかろう――この辰爺は、博士に仕えて、もう三十年にもなるのです。いまでもここの実験所や附属水族館に始終資料を提供していますし『海鰻荘』の方にも『うつぼ』の餌料《えさ》を運んでいます。辰爺は、いっぺん、私に変なことを言いました。博士はちかごろ、目立って真耶さんと話をなさらぬし、どうも様子が、面とむかいあうのを避けていられるようだ、わしはそれも無理ないと思うよ、何しろ博士にとっちゃ、ここだけの話だが、真耶さんが憎かろうし、それに奥さんに瓜二つときていなさるんだから、なおさらなあ——や、どうもまた脱線の気味ですね。真耶さんはお会いになればおわかりになることですが、とても明るい感じの、ひとなつこい、どちらかといえばいくぶん浮気っぽく見えるかも知れませんが、近代的な肉体の、美しい人です。金持の令嬢によくある、驕《おご》りたかぶった態度はみじんもない代り、自分の趣味とか、性向には、勇敢に自我を押しとおしてゆける強靭さにあふれています。ひょっとしたら、あの人は自分のしたいと思いつめたことのためには死んでも悔いないかも知れません。こんな話があります——洋画家の藤島氏から、秋の出品のモデルになってくれと申出られたとき、画題が気に入ったらなると約束したそうです。藤島氏も許婚の女とはいえ、まさか裸体のモデルにもさせられず、いろいろ画題を錬ったあげく、『月光を浴びる女』ということに決めて、それを話したところが——丁度月明の美しい夜でしたが、露台《バルコニー》に、藤島氏だけでなく、居合わせた友人の画家二人とも一緒に連れていって、月光をまともに受け、胸を押しひらいて、美しい乳房を露《あら》わし、みんなを仰ぎ乍《なが》ら『どう?』といって、にっこり笑ったそうです。

あまり長くなりますから、この辺で五美雄さんのことにうつりましょう。五美雄さんが三才の時、私がここの実験所に入って十年ですから、今年十二、三ですか——五年生でしたね、その頃は五美雄さんのお母さん、李娥《りいが》さんも存命されて居って、私も時々晩御飯などに招《よ》ばれて存じて居りますが、二十を一寸出たくらいの方ではなかったでしょうか、したたるような中華美人でした。五美雄さんが出来て間もなく、急病で亡くなられたのですが、博士もよくよく奥様運のない御気の毒な方だと思います。李娥さんについては、私は博士から直《じか》にうかがって居ります。くわしいことは勿論知りません、ですが五美雄さんのお母さんという女《ひと》の印象はある程度おわかりになることと存じます。

博士はよく伯林《ベルリン》へ行かれます。前にも申しましたとおり、そこでは毎年一回、水産学界の例会がありますし、その年たしか大正十四年度の例会が開催された年だったでしょう。博士が三十八才の時ですから。帰路、博士は、アフガニスタンから西蔵《チベット》に出て、揚子江に沿って下るコースの水生物分布状況の視察を外務省対支文化事業部から依嘱され、約一ヶ年の予定で踏破された探険旅行中で李娥さんを得られたのだそうです。それは、ゆうに一篇の映画物語にでもなりそうなロマンスですが、簡単にはしょって申上げますと——博士の一行が、西蔵の山嶮を越えて重慶に入り、そこから凡《およ》そ百里、揚子江と嘉陵江との交流点に出て更に東へ百里、有名な三峡——鉄棺《てつかん》峡、風箱《ふうかん》峡、牛肝馬肺《ぎゅうかんばはい》峡という名を言うさえ恐ろしい山間に踏み入ったときのことでした。この辺は前世紀の遺物で、ハシナガチョウザメという嘴《くちばし》が体の半分もある妖魚の現存している生物学的にも面白い土地ですが、それは割愛して、とにかく、そこは、そんなものの棲《す》むにふさわしい急流、急潭《きゅうたん》、大渦、大暗礁の連続で、西岸は

七、八百尺も直立する壁のような嶮崖にはばまれた、太陽も稀《まれ》にしかとどかぬ深谿に、四時氷のように冷い水をたたえているという人外境だそうです。その深谿で、博士は大きさ二三寸位いの小魚を発見されました。虹色をした鯊《はぜ》の種類で、本来鯊という魚は泥色をしたものの外には無いのですが、その鯊は七色の彩《あや》うつくしい、童話の国にでもいるような、優しい美しい魚でした。博士はこれと、有明湾の特産むつごろう鯊との類縁関係を研究されて、動物地理学上に画期的な業蹟を残されていますが、博士もよほどそれが気に入ったと見えて、後に生れた五美雄さんの名に鯊の拉典《ラテン》名Gobio《ゴビオ》を使われているくらいです。李娥さんとの経緯にも、この美しい小魚が縁をとりもっているのですが、さて、ここで博士の一行は土匪《どひ》の襲撃を受けたのです。団長は李劉文という命知らずの傑物で、博士の一行を、数百尺の断崖の頂上にある山塞《さんさい》へ幽閉してしまったのです。博士はそこで、李劉文の娘、李娥に救われるという段取りになるのですが、李娥は彼女独特の易占《うらない》で、博士がいっぺんの旅行者ではなく、自分の運命をも左右する男《ひと》であることを知りました。それは彼女の部屋にある大きな硝子鉢に、あの虹色の鯊を飼っているのでしたが、その虹色の明暗で易占《うらな》うのだそうです。彼女は山塞に育った野放しの娘です。粗野で、健康で、野鹿のように弾力のある肢体をもった美しい女です。博士は愛憎にはがむしゃらな性格です。好きとなったらいのちを賭ける方《かた》です。とうとう団長の李劉文を説きふせて、李娥を日本に連れ去ることになったのです。団長がまたさっぱりした男で、もともと博士の一行を軍事秘密調査団と誤認して捕えたことでもあり、話している内、団長の兄、李錫英が、博士の日華合弁水産商会の重役をしていて、博士の噂も聞いていることなどもわかり、娘を博士に委ねることに何の躊躇もなかったということです。盛大な送別の宴が張られた夜のことを、博士は酔うとよく話されるのです――松明《たいまつ》は音を立てて燃え、小熊の焙肉《あぶりにく》、雷鳥の串焼、鱘魚《ちょうざめ》の卵の油漬、竹蓀茸《きぬがさだけ》と淡水水母《みずくらげ》の羹《あつもの》、生きたまま食べるあの虹鯊――そうした奥地の御馳走の山に、情炎をかき立てずにはおかぬ四川《しせん》の秘酒、それらを囲む魁偉《かいい》な山塞の男達――宴たけなわに華やぐとき、李娥は一糸纏《まと》わぬすっぱだかで剣《つるぎ》の舞を乱舞したそうです。ああこの秘境の一幕は、無骨者の私さえ、胸のときめきを覚えずにはいられません。博士がいつまでも、それを忘れ得ないのも尤もなことではないでしょうか。

李娥は東京へ連れられて、ここの本邸に棲むことになり、彼女のためにその一部は支那風に改造され、煩わしい世間とは完全に隔離され、博士の限りない愛に温められ、ほしいままの生活をつづけることが出来たのです。博士もその頃が人生幸福の絶頂でしたでしょう。翌年、男の子が生れましたが、その代り李娥はぽっくりと昇天してしまいました。従って、博士の狂愛は、その子、五美雄に集中されたのです。ところが、この子は、父にも母にも似ぬ陰鬱《いんうつ》な不可解な子です。殆《ほと》んど口もきかず、児童《こども》らしい遊びもせず、いつもひとりで何かを空想し、何かを凝視しているような少年です。ただ、五美雄さんは、真耶さんと非常に仲がよいのです。いつでも一緒にいたがって、その時だけは、顔にも生気を帯び、いくらか少年らしい無邪気な笑顔を見せることがありますけれど、よんどころないことで離れていなければならないときの、淋しそうな様子は、はたで見る者の心のしんまで冷えびえさせられる程です。ほんとうの姉弟でないことも、もうちゃんと知っているのですから、早熟なこころで、真耶さんを恋して――まあ、はっきりそうした意識は、まだ持つ筈はありませんが、ごくそれに近い感情が、そうさせているのではないでしょうか? 先生の御意見は如何です。ええ、たしかにそうとしか思えません。真耶さんの方でも、五美雄さんが嫌いではないようです。

大分、博士の御一家の秘事に立ち入って、おしゃべりをし過ぎました。や、もう暗くなりかけましたね、今、電灯《あかり》をつけさせます。――かんじんの『海鰻荘縁起』が、いつのまにか、どこかへ吹っ飛んでしまったようですが、別にもう付け足すほどのことはありませんが、そう一寸お話しして置かないと、腑《ふ》に落ちぬことがありましょうから――あのプールは淡水で、鹹水《しおみず》ではありません。と言うのは、どうして『うつぼ』が淡水で生きていられるかという疑問が起きることとです。先刻申上げた、天国と地獄との交換の時は、博士は海水を導入して、一尺から二尺程度の海産『うつぼ』を辰爺に運び込ませたのでしたが、その後、博士は次第に海水の鹹度《かんど》をうすめてゆき『うつぼ』が純淡水に生活出来るまでに馴化《じゅんか》させたのです。それにはいろいろ学術的な操作も必要だったのですが、兎も角も成功しました。今では、却《かえ》って海産の自然種よりも発育がよく、自然種では体長一米もあればレコード破りのものが、あそこの淡水では、ゆうに五米近くあるのはざらです。勿論自然状態では、食物、気温、大敵と、いろいろの制約を受けますが、あの人工温室内では、不変のやや高目の温度と、一定の給餌《きゅうじ》――あいつの大好物、あかまんじゅうという大型の蟹のみを充分食わされるのですから、自然状態では、とても見られぬほど巨大に生育しているのです。尤も性質は逆に、非常におとなしくなっています。さあ五万匹は下らないでしょう。これは余談ですが、李娥さんが、いちど、このプールで、すっぱだかで泳いだことがあるのですが、流石、こわいもの知らずの彼女も、その時ばかりは、息の根が止まるようだった、とあとで博士に本音を吐いたそうです。博士にしてみれば、初めから、あそこの『うつぼ』が人間には危害を加えないことを知って、黙って見ていたのだそうです。巨大な海蛇の群をかきわけて、死と隣合わせの蒼白な表情をして泳ぎまわる、一糸纏わぬ女の姿態の美しさに見惚れている博士の姿を想像して見て下さい――それは生きた人間としてよりも、むしろ芸術的な塑像《そぞう》を見るような、造形美をお感じにはなりませんか？ 序《つい》でだから申上げますが、その時博士は、地獄の再現に使用した『うつぼ』の池が、この時程美しいものに映じたことは無かったそうです。李娥の純白な肌と、『うつぼ』の黄褐色の肌との対照が何とも言えぬ、悪魔的な調和を見せたのです。不協和音の持つ美しさとでも言うのでしょうか。博士はその時まで、李娥のために、再びあの地上楽園を再現させてもよいと思われて居たそうですが、ふっつり断念したそうです――そうです、彼女には絶対に、あの楽園では釣合わないでしょう。

ずい分長話をしました。そうですか、では、お忙しいからだのようですから、無理にはお引止めいたしません。それに明晩また、博士のお邸でお目にかかれるのですから――大変失礼いたしました。あ、おかえりがけにちょっと、附属水族館にお立寄り下さい。あの虹鯊を御覧になって行って下さい。博士が商会の李錫英氏を通じて、三峡から卵を取り寄せて、苦心して孵化させたものです。特殊の冷温装置の中で、今では繁殖にも成功しています。夢幻的な美しい小魚です。暗いから白熱光照明をかけて御覧に入れましょう、さあどうぞこちらへ」

第二話（報告）

「いや、とんだ災難だったね。新聞で君の遭難を知って、直ぐにも飛んで来たかったのだが、僕も、とんでもない災難に会っちまってとうとう今まで監禁さ。天下の藤島光太郎画伯お座敷牢の図なんか、見ちゃあいられない。むろん話すよ。ところで具合はどうなんだ？　そりゃあよかった、臨海実験所主任全治一ヶ月の重傷だなんて、あの新聞ときたら全く出鱈目《でたらめ》だからな、そうか、まあ骨折ぐらいで済んで何よりさ。あの乗合馬車ときたら全く命がけだ、いったい今度の事故は、そう今年になって三度目じゃあないか、よくあんなガラクタを、県庁で許可しておくものだな――それはそうと、五美雄君祝賀晩餐会に君の顔を欠いたのは実に残念だったよ。だがね、今になって見ると、それが却って君には幸運だったかも知れない。若し君が来ていたら、それこそ真先に嫌疑がかかったろうからなあ……びっくりするなよ、真耶さんと五美雄君が殺《や》られたんだ！　まあ落着いて聞いてくれ。それが普通の殺され方じゃあないんだ。実に奇妙なんだ。悲惨とも、奇怪とも、無気味とも何とも形容しかねる悪魔的な殺され方だ――君、大丈夫かい？　顔色が悪いが――あまり君を昂奮させてもいけないから平面的に話そう。

あの晩はひどい暴風雨だったね。十時頃から降り出して、多分夜明け真近かまであばれつづけて居た。太陽が照りかがやいて、朝はよいお天気になった。僕は少し飲み過ぎたのだろう、そういうときの癖で、割合はやく目が覚める。本邸のまだ乾き切らない芝庭を、ひとりでぶらぶら歩き乍ら、海から吹き送られる冷い潮風を楽しんでいた。と、後から、殆んど音もなく誰かがのしかかったと思うと僕にしがみついて、へたへたと足下にくずれてしまった。女中の咲だよ、音がしなかったのは裸足《はだし》のせいだ。非常に恐い目に会ったか、見たかして一時的に脳貧血を起したらしい。放っとけもしないから、抱きかかえて女中部屋へ連れていってやった。程なく正気には返ったが、余ほどのショックを受けたものと見えてまだ口がきけない。朋輩《ほうばい》が冷水に薄荷《はっか》を垂らして、口うつしにふくませてやるとやっと片言《かたこと》のように、タンクがどうとかこうとか言う。タンクというのは大温室の外の北隅にある給水タンクのことらしい。あの辺は朝鮮の薊《あざみ》の茂みで、よく赤楝蛇《やまかがし》のでかい奴が出没する。ははあ奴《やっこ》さん、蛇におどかされたな――と思ったから、蛇か？　と言うと首をふる。途切れ途切れの話を綜合して見ると――咲が、ごみを捨てにタンクの辺りまでゆくと妙なものを見た。くしゃくしゃになった灰色の油絹《オイルシルク》のレインコートみたいなものが薊の茂みの中に見える。それが、まるめて捨ててあるのなら格別の注意を惹《ひ》くわけでもなかろうが、丁度人間が横になった上にかぶせてあるような盛り上り方を見せている。こわごわ近づいて見て、濡れた油絹のレインコートみたいなものの下に透《す》けて見えたのが、人間の全形の骸骨だったと言う。咲は血の気が一時に五体から脱けた気がした。履物もほっぽり投げて駆け出してしまった。一番先に目についた僕にしがみついて気を失ってしまったという訳だ。――おばかさんだな、きっと死出虫《しでむし》に食い荒された野良犬の死骸かなにかを寝呆《ねぼ》けまなこに見あやまったのだろう――そう言って腰を上げようとした途端――第二番目の失神氏があらわれた。こんどは漁師の辰だよ――あの頑丈な爺さんが、電気ブランで足をすくわれたみたいに、女中部屋の入口から駆け込んで、ぱくぱく口を動かしていたかと思うと、つんのめって気を失ってしまったのだ。明らかにその怪異を見て来たものらしい。流石の僕もいくらか緊張したね、ゆうべの雨で一泊している富川先生を叩き起して一緒に現場へ駆けつけたんだ。こんどは危《あや》うく僕が第三番目の失神氏になるところだった！　むごたらしい！　濡れたオイル・シルクと見えたのは人間の皮膚だ。つまり全裸体の人間の中味をすっかり抜き取ってしまったから、あとに骨が皮を着ている、とこう言えば一番わかりが早い。その皮膚は、雨に濡れてレバ・ソーセージ色をしているが、まだごく新しい。その内側には骨格以外には何もない、内臓はおろか、一滴の血も、肉片もない。猫の舌で舐《な》めとられたように、いくぶんの光沢さえ帯びている。うつ伏せになって四肢を延ばし切っている様子は年恰好《としかっこう》十七、八の娘か――そう、乱れた頭髪がそのままついている。それのみではない。うつ伏せになっている女体の下に更にもう一つ、これはもっと年下の男の子の、これも同様な袋にされた姿でくっついている。君には言ってしまったから、これが真耶さんと五美雄君の変り果てた姿だということはかくすすべもない。どう、信じられる？

定石のごとく、駐在所の巡査、村医、現場検証の検事局の一行、新聞記者の群れが次々に集って来たころには、このむごたらしい屍体の正体も塚本剛造博士の二児であることが確認されてしまった。まず女の方の屍体が、姉の真耶さんであることは、その指に残されたイニシアル入りの誕生石《ダイヤ》をはめた指輪で確証されたし、男の子の方は、骨だけになった掌《て》に、これも愛用のジャックナイフが残っていたので、五美雄君であることは慥《たし》かだ。二人の隣合せの、別々の寝室には、それぞれ夜着その他が脱ぎ捨てられてあった。寝室には双方共、きちんとしていて、少しも乱れたところがなく、ただ、真耶さんの方が、きちんと夜着類をひとまとめに置いてあるのに反して、五美雄君の方は、パンツが出口扉の近くの床に投げ出されている点だけが異《ちが》っている。勿論外部から他人の出入りした形跡は何もない――ここの院長の計らいで、君には今まで秘密にして貰ったから、新聞も見ていないだろうが、M新聞の夕刊には、あの社独特のやり方で、これを『昭和の怪談』としてセンセーショナルな記事を書いているが、これはたしかに『事件』というより『怪談』といった方が当っている。こんな馬鹿げた自然死もあるものではなく、勿論自殺ではさらにないとすれば、やはり他殺である。他殺である以上、犯人があり、犯行がなければならぬ。何と解釈することが出来る？　もはや常識は役に立たないのだ！　常識論で推理をでっちあげるとこういう事件が成立する――これは剽軽《ひょうきん》なM社の記者が組立てて検事団を笑わせたのだが、――晩餐会が終ったのは九時頃である。招かれた客の内、大部分は帰り、遠い二三の者は、空模様も悪いので泊ることにして、十一時には全家族も客も、それぞれの寝室にひき取ったのである。その頃外は猛烈な暴風雨が荒れ狂っている。真耶と五美雄は、当夜の疲労と昂奮とでなかなか寝つかれない。むし暑い夜でもあった。真耶は夜着を脱いで風に当った。ふと思いついてプールへ泳ぎに出たのである。姉弟仲のいい五美雄がそのけはいを察して、これもあわてて夜着を脱いで姉を追いかけた。プールには例の『うつぼ』が飼ってあることを思い出し、若し姉に危害でも加えるようだったら一撃の下に殺してやろう。そう考えて愛用のナイフを握って行ったのだ。予《かね》てから真耶に懸想《けそう》している村の某がその夜の嵐を奇貨としてプールをうかがう。先ず邪魔な五美雄を麻酔薬かなにかでおとなしくさせ、同じく真耶にも麻酔をきかせてから目的を達する。顔を見られているから生かしては置けない。引張り出してタンクの下まで運んだが――外傷をのこしてはまずい。某はあらかじめ考案して置いた道具を使って、仮死状態の二人のからだから内容物を抜きとってしまう。あるいはそれは道具ではなくして、巨大な蛭《ひる》のような吸血性の生物《いきもの》を使ったのかも知れぬ。兎に角、手がかりの術《すべ》もない前代未聞の屍体につくりあげて逃走した――と、こうだ。ちょっと面白いじゃないか？

博士邸の一室が捜査本部に当てられて、きょうまで額を集めて百論百出、その結果は、この新聞記者の当座の推理を一歩も出やしない。勿論、博士を初め、当日邸に居合せた者は全部尋問されている。強《し》いていなかった者で容疑者をもとめれば、君だ。招待状をもらって当夜欠席したものは君だけだ、がその君はこういう状態で完全なアリバイが成立している。ここで捜査本部の意見なり、捜査方針を綜合して、僕はメモを作って見た。持って来たから読んでみよう。

一、捜査方針、被害者である二個の屍体は前代未聞の謎を持つものであるから、今後新しい手がかりが発見されない限り一応捜査を打切り、犯人の自供に俟《ま》つこととし、犯人の捜査に努力を集中する。

一、犯行の動機、被害者の指には時価数十万円の高価な宝石入指輪を遺存して居り、且被害者の寝室から紛失したものが皆無《かいむ》なところから、犯行の動機は物取、強盗とは認められない。従って痴情か怨恨に限定されよう。

一、犯人の推定、いままでのところ外部から人の出入りした形跡は全然認められない。どうしても邸の家族及び家族に準ずるもの、または邸と緊密な関係のある者の犯行であると認められる。

一、容疑者、犯行のあった前夜から邸内にあったものの内、最も疑いの濃厚なのは『海鰻荘主人』塚本剛造博士である。被害者真耶に対する博士の感情は、漁師辰五郎も証言しているが、相当に根強い模様であり二人の関係から見ても、犯行の動機は充分うなずける。がそうすると、実子五美雄を同伴せしめている点が難解である。

画家藤島光太郎は真耶と許婚の間柄にあり、これを回避せんとする傍証見当らず。

漁師石部辰五郎は、当夜はやく酔いつぶれて、女中部屋で寝込んでしまったが、夜中近くの知人の家に落雷あり、馳けつけて、そこに朝まで泊っていた、同宿の非番巡査の証言もあり、アリバイは完全である。

家族に準ずる者の中で、当夜居なかった富川孝一は、犯行動機を想定すれば、いくらでもあるが、祝賀会に出席途上、乗合馬車の事故で入院、これも現場不在証明完全。

発見者女中咲外《ほか》、本宅に常時起居する使用人男女十名、別館世話役の二十名、何《いず》れも厳重に洗って見たが疑わしい挙措《きょそ》のものなし。

来客ではないが、余興に借り出されたA町の芸妓五十名、藤島光太郎が引連れてきたモデル女十六名の内、芸者A、モデル女B、Cは藤島氏と関係あるものの如きも許婚真耶と張り合う程の仲ではなく不問。

雑駁《ざつぱく》なものだが、ざっと、この通りの状況で、事件はついに迷宮入りだ、いや、初めっから迷宮なのだ——結局、捜査本部は一応解散することになり、明日引き上げる。おさまらないのは僕だよ、真耶さんを取られたんだからね。ところが僕には、こうした仕事は、てんで不向きだ。幸い、福山氏が実に熱心に研究している。当分僕は博士の邸《いえ》で寝起きする。福山氏と連絡をとって、何としてもこの事件は解決さすつもりだ。却って『海鰻荘』の事情に深入りしていない福山氏の方が、適任だ。博士か？お気の毒に、虚脱状態だ。やつれて、あの中華風の部屋に閉じこもったきり、顔も出されない。無理もないよ、真耶さんは兎も角、五美雄君を失った痛手におしつぶされてしまっている。それに捜査本部からは、一番白い眼でにらまれているんだ。——阿片でも吸わずにはいられまいよ。

話が逆になったが、五美雄君誕生祝賀晩餐会の模様を、ざっと話して置こう、何か気がついたら言ってくれよ、こういう事は当事者以外の者の批判が大事なんだから――。

何しろあんな派手な宴会をやったのは、李娥夫人御披露宴以来、はじめてのことだと、辰爺さんたまげていたよ。僕は僕で当夜の余興係りを仰せつかって眼をまわす急《いそが》しさだ。まあ聞いてくれ。晩餐会は、正六時からだというのに、二時には、一番乗りのお客がつめかけた。何しろこの連中は、たいくつで困り抜いているんだから、たまらない。あの六十畳敷二間の応接室をぶち抜いた豪華なホールで、連中はおしゃべりの限りをつくした。村長、収入役、現郵便局長、三業組合長、漁業組合書記、院長、新聞記者、それに東京湾汽船の出張所の連中、そいつらが芋蔓《いもづる》式に仲間を狩りあつめたんだからたまらない、二百人は下らなかったろう。万事に派手好きな博士は、こうした息子の誕生祝いをだしに使って大騒ぎをやって見たかったらしい、土地の退屈連中を山のにぎわいに狩り集めたのだ。晩餐の食卓は中庭に用意された。まだ明るい内から松明が燃やされた。つまり五美雄君のお母さんのふるさとを偲《しの》ぼうという趣向だ。だから御馳走も、よく博士から聞いているあの――小熊の焙肉、雷鳥の串焼以下何々、何々というあいつだ。生きた虹鯊まで、君のところの水族館から動員させた程の凝《こ》り方だ。むろん酒は四川の秘酒というあれだ。僕ははじめて飲んだが、うまかったよ。あれはたしかに阿片が入っている。普通の酔い方じゃあないよ、現に、あの婆あ芸者の猫吉まで綺麗に見えたからなあ、アハハハハ。

主賓は、五美雄君の受持、福山清先生だ、あの男は立派な青年だ。小学校の訓導には惜しいもんだよ。『山のにぎわい』連中は問題外、当夜は四川の秘酒の使者、李何とかいう蟹会社の、ありゃあたしか李娥さんの兄だったかな。それから会社の在京重役連、博士の友人の学者連、そうした堂々たるお客達の中に交って、弱冠二十何歳の彼がすこしもひけをとらない――女連中の人気を、あいつひとりで奪ってしまった形だ。

あんまり長くなるから、その晩の主な場面を二つだけ、かいつまんで言おう。主な場面というのは、今度の事件に何か関係があると睨《にら》んだ節《ふし》――僕の第六感が、まあ何ていうかハッとして、何かを印象づけられた場面のことだ。ほんとうは初めから終りまで、何もかも克明に、自然描写でやらないと――そこだけをひっこ抜いて話してみても、果して効果があるか、どうか心配だが、まあ話そう。

その一つは、食事が終って、デザートに入った頃だ。見事な山西《さんしい》の白桃《すいみつ》が山のように運ばれて来た。僕の席か？　真耶さんの許婚の資格においてお隣さ。博士の右隣が福山先生、左隣が五美雄君、真耶さん、そして僕だ。四川の秘酒に怪しく酔っぱらった『山のにぎわい』連中はサーヴィスの芸者やモデル女達とふざけちらし、わめきあい、てんでフルーツなんかに目もくれない。博士の友人の、何とか博士、どこそこ大学教授連も、こういう席に来ては、あの『にぎわい連中』と大差なしだ。その中で、妙にしいんとして、指で白桃の皮を剥《む》いていたのが真耶さんだ。アイスクリーム色の桃の肌が、だんだんに剥けてゆく皮の下から現われるのが、酒で熱《ほ》てった眼につめたく滲《し》み入るようだ。こころもち下唇をひらいて、無心に皮を剥きつづけている真耶さんを、美しいな！と思った。むろん僕は、それをじっと見つめていたわけではない。猫吉さまに抱きつかれて酒を強《し》いられていた際だから、ちらと見ただけのことさ。だが、そうしていても、こころのしんでは、それに気を捕われてしまったものらしい。じっと見つめていたのは、むしろ博士だ！その時の眼か？それまで観察する余裕なんかありはしない。そのうち、真耶さんは、ゆっくり白桃を剥き終ると、うつむいて、大きく口をあいてかぶりついた、と、いきなり博士の方へ顔を向け上げて、白桃の汁で濡れた唇のまま、にっこり笑って、何か言ったようだ。声帯を使わない囁き声《ホイスパリング》だ。むろん声はきこえやしない、だが僕には解るんだ――僕の先生のG画伯は唖だ、僕は先生に師事していてある程度まで読唇術を心得ている。僕は、非常に興味を覚えた、まったく真耶さんが博士に話しかけることなんか見たこともない。僕はわざと猫吉とふざけ合うふりをして、その会話を盗んだ。

――にくい？――真耶の唇が言う。すると博士の顔が微笑でゆがむ。

――にくい！――

――ころす？――つづいて真耶の唇。

――ころす！――博士の唇。

――いつ？――

――こんや！――

これで終りだ。誰も知らない、誰にも聞えない、知っているのは僕だけだ。ああ笑顔でカモフラージュされた恐ろしい会話！

もうひとつは――僕のその晩考案した余興場での出来ごとだ。僕は当夜のメニューが先生の趣向で、三峡の奥地の献立であることを知っていたので、それに合わせて、誰かを李娥に仕立てて剣の舞をやらせようと思いついた。が誰も剣の舞など知ったものはありゃあしない。それで『海鰻荘』のプールで泳がせることに変更した。君も知っているだろう？　モデルのB子さ、あいつちょっと支那美人向きだ。いやだと言うのを無理に金で納得させた。どうせ費用は博士持ちだ、外にモデル仲間を十五人かりあつめて和製の海辺水浴美人団《マック・センネット・ビューティーズ》をでっちあげたんだ。黒い、ぴっちりした水着一枚着せて、李娥役のB子だけを、すっぱだかにさせることにした。その晩は真耶さんの友達の娘も大勢いた。裸商売のあいつも、同性の眼の前ではだかになるのは辛いらしいね。そんなことにこっちはおかまいなしさ。大当り、やんやの喝采さ。ところが肝心の博士からは大こごとを喰ったよ。むりもない、折角、四川の秘酒に陶酔して、李娥のおもかげを大事におもい浮べていたのを、こんな悪趣味で目茶目茶にされたんだからね。――だが、真耶さんは、その泳ぐ人魚達を、とくに偽李娥のはだかの姿に、じっと目を据えていた。額に汗がじっとりと浮いていた。僕はあきらかに真耶さんの目が緑の炎でもえ立っているのを見た。と、側にいる五美雄君の耳に、真耶さんの唇がちかづいた。またしてもあの、囁き声《ホイスパリング》、

——こんやね！——

五美雄君がうれしそうに姉を見上げて、にっこりした。これも僕だけしか知っていない。僕が特に言おうとする二つの場面とはこれだ。何かある！　そう思うだろう。第一の話では犯人はたしかに博士だ！　これだけのことは、はっきり言えようと思う。だが第二の話から何が引き出せよう？　せいぜい、あの夜、プールへ姉弟《ふたり》が合意の上で泳ぎに出たらしいこと、母ならぬ母李娥に、なにか嫉妬に似た感情を抱いていたらしいことが、ほのめかされるくらいのものだ。どう思う？　あわてずに時機を待とう。僕はもう帰る。大事にしてくれたまえ、早くよくなって、大いに僕等に協力してくれ。あ、こいつは、さっき、話しに出た四川の白桃だ。あとで食って、あんまりうまかったから、博士の蟹会社にたのんで取寄せたんだ。じゃあ失敬する」

第三話（推理）

「君に初めてここで会ってから、早いものだなあ、もう一年になる！　きょうはお別れに来た——これだ、僕はこれでも陸軍歩兵福山清だ。いや、有難う、どうせ征《ゆ》くからには、生きて帰れるとは思っていない。それだけに、きょうは君に、しっかり聞いてもらいたいことがある。例の事件のことでだ。正直にいうと僕は今、応召するのが実に残念だ——もうひと息で、あの、世界にも類例のない、事件の謎が解けようとしている間際なんだから——僕はこの一年間、あらゆる努力を、あの事件の解決に費して来た。何も僕ごときが、そんなに深入りすることは少しもないのだが、これも何かの宿命だろう、ただ、僕はあの事件が希代《きだい》の事件であればあるだけ、それを解明させずには置けなかったのだ。僕はさっき、謎が解けかけていると言った。そう、解けかかってはいる。だが、それはひとつの面は明るく、他の面はまだまっ暗なのだ。僕はその明るい方の面だけを説明して置く。暗い方の面は、残念乍ら、そのまま、君と藤島君にひき渡してゆくより他はない。

どこから話そうかな？　僕がこの謎を解く手がかりを得たのは、全く偶然からなんだ。あれは何時《いつ》だったかな、そう、学校で出している校友会雑誌の編輯を初めた時だから、事件発生後二ヶ月目くらいだ。毎年一回出すその雑誌は、どこのでもそうだが、主に各学年の生徒の綴方《つづりかた》の中から、いいものを選んで載せるのだが、その年度のものには、是非、塚本五美雄君のも一つ欲しかった。ところが生憎《あいにく》手もとにひとつもない。で、僕は博士に、作文帳があったら貸して貰いたい由を申出た。博士はよろこんで、五美雄君の勉強室から二三冊ノートを持って来てくれた。僕はそれを持って学校へ戻った。その夜は丁度宿直でもあったので、ようやく冷えを覚えはじめた初秋の一夜を、なにかたのしい気持ちで、あれこれとその作文帳の中を物色したんだ。割合にいいものがある。あの児は、普通の同年輩の児童とちがって、物を書かせても、大人びた書き方をする。これと決めたものを原稿用紙に書き写そうとして、大体の枚数を目算する積りで、パラパラめくっている内、一枚の紙片がはさんであるのが目についた。何か書いてある、綴方の書きかけらしい。標題を見て僕はハッとした。姉さんの秘密——吸い込まれるような気持ちで読んだのが、こうだ、〈真耶姉さんは、僕のほんとうの姉さんではありませんけれども、僕は大好きです。お姫様のように綺麗だから。でもおとうさんは姉さんを嫌いですから、僕があんまり仲よくすると機嫌をわるくします。ですから僕はなるべく姉さんと遊ぶのは夜にしています。夜はお父さんのお仕事が忙しいので滅多に、僕達の部屋には来られません。姉さんは僕のいうことなら何でもしてくれます。香水をかけてくれと言うと、からだ中へ、雨のように浴びせてくれますし、蜜柑酒《マンダリン》を欲しいと言えば、あの綺麗な口から口うつしに飲ませてくれます。姉さんはこの頃、夜中になると、きっとお部屋で着物を脱いでから、長い廊下づたいにプールへ泳ぎにゆきます。姉さんはあそこで、何かを秘密に調べているらしいのですが、僕は黙っていてあげます。だって、姉さんはその用が済んだら、僕を一緒に連れていって、とてもいいことを教えてやると約束してくれましたから。僕はその日をとても楽しみにしています。もしあの『うつぼ』の奴が邪魔するようだったら、僕は、あのジーグフリードが龍をやっつけたときのように、僕のナイフで〉ここで切れている。

君、五美雄君は真耶さんに恋しているね、君の言った通りだ。年は少ないが、早熟な混血児だし、母の熱情的《パッショネート》な血を享《う》けている。この綴方の断片で見ると、二人の寝室に夜着が残されていたことも、その晩二人ともプールに居たこともたしかめられる。それと君にも話したそうだが、藤島から聞いた話——あの晩、プールの余興の時、真耶さんが五美雄君に、こんやね、と囁いたこと、五美雄君がうれしそうに姉を見たという、あの話とを考え合わせると、真耶さんが五美雄君に約束をこんや果す、という意味にとれる。するとあの夜、プールへ行った二人は合意なのだ。約束のいいこととは？　むろんCoitionだ。あるいはその真似事だったかも知れない。あの夜真耶さんは偽李娥の肉体に対して恐ろしいまでに嫉妬の眼を向けている。母恵美に代る李娥、その子、あまり好もしく思わぬ許婚、憎み憎まるる仲の博士、それらの入乱れた間に、もつれた情欲の転換だ。真耶さんもだから五美雄君に恋している！　恐らく父にけどられるのを恐れて、五美雄は、姉が部屋を出てゆく気配をうかがっていたであろう。そして、あわてて、扉ちかくでパンツを脱いで、後を追った——こうするとその時の情景が目に見えるようにはっきりする。すると殺害された場所もこのプールに限定されていいように思える。事実ここで殺《や》られたのだ！

僕はあの『うつぼ』の飼われてあるプールを、あらゆる方角から研究し初めた。一口に研究したとは言うものの、あの広さだ。それに僕などにはわからぬいろいろな機械装備があるのだから、初めはまったく手の下しようが無かったよ。これも偶然の出来事が僕を助けてくれたのだが、ある日、僕は、藤島君と、プールの岸で話し込んでいた。と、何に驚いたか、パシャッと音がして、近くの『うつぼ』が一匹跳《は》ねた。その時の水沫がわずかに僕の唇に触れたんだ。鹹《から》い！　淡水《まみず》の筈だのに？　藤島君にも跳ねたのだろう、僕等はハッと顔を見合せた。念の為に手を延ばして、指につけた水を舐めてみる、正《まさ》しく鹹水だ！

ここの『うつぼ』は純淡水にしか棲めないように飼育されている筈だ、それが鹹水中をゆうゆうと泳いでいる。僕には生物学的な知識は皆無《ゼロ》と言っていい、だが、鮒《ふな》を塩水に放てば即時窒息死するくらいは心得ている。では現在いるこの『うつぼ』は、いままで飼われていたやつとは別のもの——、ということは、海産の自然種だということになる。結論すると、このプールの淡水と飼育うつぼとはいつの間にか、鹹水と天然うつぼとにすり代えられているのだ！　その気で見れば、大きいと言っても、あの化物のような巨大なやつは一匹もいない。ああ何という巧妙なトリック！　誰が、この入替に気が付こう——偶然のチャンスがなかったら、僕等だってまだまだこの事実には嗅《か》ぎいたらないでいるのだ。では何時《いつ》？　如何《いか》にして？　何のために？　これは追々《おいおい》話すが、いまはちょっと視野を転じさせて貰いたい。僕は、この事件の中で、最も幻怪な殺人の方法に研究のメスを向け始めた。まず、理論的に突進めて、推理の範囲を押し縮めてゆく方法をとった。つまり、塩水を煮つめていって、最後に塩の結晶を得るというやり方だ。他にどんな方法がある？　何もありゃしない。君、生きた人間の肉体から内容物を抜き取って、からっぽにする方法如何？　こんな問題を出されたら何と答える？　頓智《とんち》問題ならいざ知らず、真面目に考えようとすることすら馬鹿馬鹿しくなるじゃないか。ハッハッハと大声で笑ってしまいたくなるよ。ところが、笑って済まされないことには、現実にそういう事態が発生してしまっているのだ。犯行は常識を超越しているのだから、犯人の自供に俟つより外はない、なんて、あの検事団のような、のんびりしたことを言ってはいられない。笑われてもいい。やって見ることだ。まず第一に考えつくことは物理的な方法だ。君なら知っているだろう。よく、昆虫の幼虫、ことに大型の毛虫などの標本をつくるときには、頭の方から徐々に、麺棒でメリケン粉の塊をのすように、硝子管でやると、大体内蔵物が肛門から流れ出る。そのあとで管を口の方へ差して息を吹き入れると、まるで細長いゴム風船のような袋になってしまう、あれだ。もう一つは、真空球を用意して、内臓と直結する開口を注意深く密接して、急激に弁を開ける。真空は、直結された体内の空気を急激に呼び込む。そのはげしい勢いに、当然内臓その他は引きずり出されて真空球内に移換される。どちらも駄目。ディズニーあたりの漫画ならいざ知らず、よしんば可能だとしても、そんな実験室的な操作が、人目をしのぶ短時間内の操作に応用され得よう筈はない。それに、抜き取られたあと、骨が光るまでに綺麗に舐めとられているじゃないか、そう、舐めとられたように！　それで第二の推論につる。犯人は何か動物を使用している。ではどういう動物か、局限される条件の第一は、血液を吸うということだ。蚊、蚤、蛭――虫はみんな駄目、小さ過ぎる。吸血蝙蝠《こうもり》、吸血守宮《やもり》、ややよろしいが人間二人を吸いつくす程の健啖家《けんたんか》ではなし、それに内臓まで食いつくすことは出来ないから落第。血液はもちろん、内臓も筋肉も、ともに強力な消化素《ペプシン》を作用させ、液化して吸いつくすような――ある！八目鰻《やつめうなぎ》、ぬたうなぎ。どうだ、やや理想的になって来たろう。八目鰻は養魚場の大敵で、尺余《しゃくよ》の鯉なら一夜に四五匹は、胴中に首を突込んで食い尽す。だがこれは純淡水性。ぬたうなぎの方は、この辺でイソメクラともベトとも言うが、漁師が悪魔の如く嫌っている。延縄《はえなわ》や刺網《さしあみ》で漁獲した魚類の体内に侵入して、その肉を喰い竭《つく》してあとに骨と皮ばかりの袋をのこして逃げ去るからだ。こいつも頗《すこぶ》る貪食《どんしょく》だ。習性から見れば、こいつを使役したと考えると、何とまあ辻褄《つじつま》が合うことよだ。うまい！　私は人知れず手を叩《う》った。僕もなかなか生物学者《バイオロジスト》になったろう？　いや、白状するが、こいつはみんな、辰爺のうけうりさ。ところがだ、こいつも落第！　なぜって！　奴、食い意地は張っているが、一匹の大きさせいぜい三百ミリ、胃袋の大きさだって知れている。そりゃあ百匹も一度にかからせたら、充分人間ひとりくらい料理するだろうが、それじゃあ皮膚の表面が蜂の巣だ。皮膚に傷をのこさず、肛門あるいはこれに類似の個所から侵入して、その内容を喰いつくし、なめつくすためには、ただの一匹でなければならない。仮りに姉弟《きょうだい》各別にかからせたとしても、断じて二匹以上であってはならない。すると、海産種で、ぬたうなぎ類似の食性と形態をもち、肛門等より頭部を侵入させ得る大きさを限度とし、しかも、人間ひとりの内容物を収容し得る胃袋の所有者――というものを別に探さねばならぬ。僕はわざわざ東京へ出かけて図書館通いをした。今考えると、何故君に相談しなかったか、その迂闊《うかつ》さに自分ながらあきれる。そうか、君にも見当がつかない？　教えようか。メクラウナギという奴だ。学問的にも、ぬたうなぎと同じ科に属する。体色は赤味がかった茶色で、穿口蓋《せんこうがい》に八本の木賊《とくさ》のような鬚舌《ひげした》がある。天然のやすりだ。これで肉をむしり取るようにして舐めあげる。やや深海性の魚だというから、餓えた時には食い溜めをやる。君、深海魚ってやつは、食物がいつでも見つかるという訳じゃないから、数ヶ月も食わずに生きていられる代りに、食うとなったら凄いんだぞうだね。その時、写真で見たんだが、マクロファリンクスという深海魚の一種が、餌として、自分のからだの十倍もあるやつを丸呑みにして、胃袋も腸も張り切って、呑み込んだ餌が、皮膚を透《とお》して見えているのには魂消《たまげ》た。犯行に使用された生物はメクラウナギだ！　これで決定。僕はしかし慎重を期した。漁師の辰は、ああドロボウのことかい、と笑った。深海魚ではあるが、夜間浅瀬へ出て、網にかかった獲物をドロボウするので、この辺でそう言うらしい。僕は辰にたのんで数匹採集して貰った。こいつを使って、小規模な実験をやって見るつもりになったのだ。理論は成功だが、現実は敗北だ！　水から上げて容器へうつす途端に、ドロボウ先生、のびちまった。水圧の急変に応じ切れなかったのだ――これでは実際の役には立たない。生きた人間に襲いかかり、これを短時間に喰いつくす旺盛な活動力はおろか、生きることとさえ覚束《おぼつか》ないとは！　ここに於て僕は遂に断念しなければならないのか、もはや犯行に適合《フィット》する未知の深海魚でも発見しないかぎり、手段《てだて》は尽きた。未知の？　そうか、ひょっとしたら、未知の⁉

いままでのは間接法だ、こんどは直接法でやる。犯行があのプールで行われたと仮定すれば、それに使用された未知の生物も、あのプールの何処かに潜んでいる筈だ、一万坪の広さの何処かにいるに違いない。もちろん犯行直後、犯人がそれを何処かへかくしてしまうということは有り得る、それならそれでお終《しま》いさ、しかし、若しその生物自体が砂にもぐるとか、洞窟にひそむとかする性質があるならば、何を好きこのんで、緊迫した犯行直後の危い時間をそれに割《さ》く必要があろう。あとでゆっくり片付ければ済むことだ。博士はあれから、部屋にこもったきり、阿片びたりで、プールはおろか、庭にも出ない！

プールの底はタンクの導水管の開口個所、つまり本邸の廊下づたいに温室に出る扉口と正反対の一隅は、そこだけが厚さ二十米にも及ぶ砂の堆積だ。これは巨大な導水管から落す莫大な水量を、急激に、水深の浅いプールにあふれさせないための緩衝《かんしょう》地帯になっている。いればここだ！　そいつは思わぬ御馳走に満ち足りて、砂中深く眠りつづけているだろう。腹が空《へ》って来さえすれば餌となる『うつぼ』はいくらでもいる。待って見るか、阿呆らしい。こちらからそいつを誘い出すに限る。それにはプールの鹹度を逆にうすめるのだ、いっそ淡水に戻せば、奴はいやおうなしに浮び上って来る。だが広袤《こうぼう》五万平方米、六十万ガロンの鹹水を淡水と入れ替えるにはどうしたらよいのだ。不可能ではない、何故ならば、その逆を、犯人は少なくとも二三時間でやってのけているのだ。その方法さえ解れば、それを逆に用いればよい。理論は成立したが、僕には到底犯人の方法が掴《つか》めないのだ。困難な問題にぶつかっては、僕はよくあの悲劇の現場のあたりを彷徨《さまよ》った。もう何十度《たび》、何百度、その辺を歩き廻ったことだろう。今では朝鮮薊の茂みは枯れて、その辺一帯おのずから踏み固められて、さながら石畳《たたき》のようになってしまっている。巨大な給水タンクを見上げる――おもいあぐんでは意味もなく見上げたそのタンク。だがこの時はいささか事情がちがう。僕は目測した。この巨大な給水タンクの給水量は五万ガロンか、せいぜい六万ガロン、ふいにこんなことが頭に浮んだ。誰でも金魚鉢の水を代えてやるとき、全部水をかい出しはしない、底の方で金魚がぴちゃぴちゃ、やれるくらい残して置いて給水する——そうか、そうすれば、このタンク一杯の容量、すなわち全プール所容量の十分の一で間に合わすためには、逆に十倍の濃度のものを注げば足りる。これだ！　排水管から十分の一の淡水を排水して、十倍の濃度に圧縮した鹹水を同量補給する。結果は総水量に増減なしで、通常の海水が、しかも短時間に満たされる。何故こんな簡単なことに気が付かなかったのだ！　待て、それは淡水を鹹水に代える際にのみ可能であるが、その逆には応用出来ない。しかし、これで犯行の足跡のひとつが明らかになったのだ。以《もっ》て瞑《めい》すべしだ。

しかし、とうとうその怪物が、僕の眼の前に姿を現わすときが来た。ああ、その夜のことを思いおこすと、いまでも僕の心臓は早鐘をうつ。あの大温室に夜間入ったのは、その夜が初めてだった。どうして、夜行ってみる気になったのか、今は覚えていない。多分そこで、何ものにも煩《わずら》わされずに、考えごとでもしたくなったのだろう。僕は何処に電灯のスイッチがあるかも知らない。その時、僕は、よく深夜に駅員が合図に振る信号角型灯《シグナル・カンテラ》——あれによく似た奴をぶら下げていった。

プールの海水は幾分濁りを帯びて、『うつぼ』の密集しているあたりは泡立ってさえ見えた。浄化操作を怠っているものらしい。僕は、角灯を汀《みぎわ》に置いて、じっとたたずんだ。灯の光がぼうっと円形に水面を照らしている。しずかだ、その時、僕は何故ともない鬼気を背すじに感じて、ぞっとした。と、いま水面に落している輪形の光影から『うつぼ』の姿が、闇に吸われるように消え去った。なんとなく水面が騒立《さわだ》ちはじめる気配がした。瞳をこらして見ていると、何百という『うつぼ』が、その円光の圏外に移動していくのが見える。それが、普通の泳ぎ方ではなくて、何かにおびえて逃げていくようなのだ。僕は不安になって来た、これはどうしたというのだ。僕は角灯を取りあげて立上った。そしてそのにぶい、だが割合に遠くまできく光芒《こうぼう》の先端が、ちょうど導水管の給水口の方向にむけられた時、僕は何かを見たように思う――黒い、一条の紐《ひも》のようなものだ。それはたしかに、この角灯に向って近づいて来る様子である。僕の心はにわかに引緊《ひきしま》った――疑いもなく、それは一個の蛇形の生物だ！そいつは、はや明るい光の輪の圏内へ入って来た。おお、何と言って、それを説明したらいいのか？一口に言えば君は夕立のあと、よく庭先の石などの上を這《は》いずっている笄蛭《こうがいびる》を見たことがあるだろう――あれを何百倍かに拡大したものを想像すれば凡《おおよ》その概念が得られる。身長は凡そ三米、胴廻りは比較的細く、大人の二の腕くらい、頭が鋭三角形、その底辺にあたる部分の両端は耳型に反って、ぴらぴらとふるえている。三角形の頂点に相当する部分は殆んど円錐形で、わずかに吸盤状の褶《ひだ》がみえる。全身暗紫色で、粘液に濡れかがやいている。泳ぎ方が実に奇妙だ。電気にでも触れているように、全皮膚をふるえおののかせて止まない。そいつは、その鋭三角形の頭を左右にうち振り、時おりは海蛇のように鎌首をもたげ、ちりちりと光を目あてに進んでくる。盲目で、尾も鰭《ひれ》もない。ああその無気味さ、それはまさしく幽界の使者だ！　聡明な君には、もう察しがついたことだろうが、そいつは、僕の持っていた角灯の灯を慕って、あの給水口の深い砂底から出てきたのだ。深海魚は、想像以上に、光に敏感だ。むろん盲目だが、光を感受するためには皮膚で事足りる。そいつはしばらく、僕の手許の輪光の中で、何ものかをまさぐるような表情をからだに見せていたが、不幸にも逃げおくれて、いすくんでいる一匹の『うつぼ』が近くにいるのを感知したものらしい。とその瞬間、巨大な『うつぼ』が棒のように延びてしまった。感電したものらしい。とそいつは静かにその犠牲者に近づくや、あのいやらしい鋭三角形の先端を『うつぼ』の肛門、腹の下にある生殖腺の開口——に突込むや、まるで赤子が乳汁《ちち》でも吸うように、ごくんごくんと、からだを波うたせて吸い初めたものだ。ものの二十分とはかからない。そいつの数倍もある巨大な『うつぼ』は皮を着た骨と化して浮び上った——僕は見栄もなにもない腰が抜けていた。これは深海性の電気鰻《しびれうなぎ》の一種だ——現今世界には南米アマゾンに産する Gymnotus《ギムノタス》 electricus《エレクトリクス》 以外には知られていない。して見れば、これは明らかに未知の新種だ。何という強力な発電力！　何という強力な吸引力！　化物といって足りなければ悪魔、それでも足りなければ妖鬼だ！　ああ真耶よ、五美雄よ、君達は深夜のプールで、その若い美しい肉体にしびれをかけられ、血も肉も何もかも、この妖鬼に吸い取られてしまったのだ。それにしても、犯人の何という奸智《かんち》、何という残忍！　断じてゆるさるべきではない！

ついに、僕は、犯行の手口を、しかも幸運なことには、眼の前で、実演されるのまで見た。これ以上何を望もう、その怪物が何であるか、何処の何というものであるか、そんな穿鑿《せんさく》はこの際いさぎよく抛《なげう》つ。どうせ、僕の貧弱な脳味噌をしぼりあげたって無駄だ。それよりも、しなければならない仕事が山積している。僕はここで一転して、漁師辰五郎氏を訪れた。そして精密に、克明に、彼が『海鰻荘』に運びこんだ、所謂《いわゆる》研究資料なるものを究明した。果して、怪物に関しては零《ゼロ》。これはあたりまえな話だ、犯人が、そんな特異性のある犯行助手を、他人に知らせるようなヘマはやらない。話がくどくなるから、得られた結果だけを羅列的に話そう。第一は、この十年間、一ヶ月置きに一回宛、海水を、『海鰻荘』専用のタンク型自動車で運搬して、あの給水タンクに供給している。このことは電気蒸発によってタンク内で圧縮され、徐々に濃度を加えつつ累蔵されていたことを意味する。第二は、その運搬に際して、最後の一回を除いて、直接指導にあたらなかった。これは博士が指導した際に、運搬海水中に、ひそかにあの悪魔魚を入れて運び込んだものと推定される。その第三は、最近、たぶん二年程前か、大量の海産『うつぼ』採集を、辰五郎は博士から依頼されている。これはプールの『うつぼ』がある伝染病で斃死《へいし》したのを補充するのだと言われたそうだが、海産種を淡水に馴らすには少くとも五年を要するから、その理由は偽装に過ぎず、淡鹹入替用に前以て用意されたものと見られる。第四、給餌について二つの疑問がある。そのひとつは、二年前から『うつぼ』の餌――主としてあかいまんじゅうだが、供給量が倍になっている、これは前述の斃死云々《うんぬん》が、完全に偽りであることを裏書しているし、ひそかに入替用の『うつぼ』を、何処か他の場所で、飼育していたものとの推定が固められる。いまひとつは、毎月一回、イシナギという深海性の大魚――一尾約百貫程度のものを、成るべく生きたものを規則正しく提供している、しかもそれは、事件発生一ヶ月前でストップされている。

つまり怪物は最後の月は給餌を断たれたまま、完全に飢餓に陥らされている。最後に、いままでの材料を綜合して結論を作って見よう。犯行当夜、貯蔵タンク内に用意された濃縮鹹水と共に、海産『うつぼ』はプールに導かれた。先住の淡水『うつぼ』は次第に鹹度の高まってゆくにつれ、淡水と共に排水管から海中に追い捨てられた。怪物は、淡鹹の入替が済んでから放たれた。奴は深海性のものだから、成るべく深いところに潜《もぐ》りこむのを好む――恐らく、そいつの生活環境がそうであったと思われる、給水口の砂の深みに潜り込んだのだ。餓えてはいるが、タンク内で永い間『うつぼ』と同居させられて、規則的にイシナギのみの給餌に馴らされているのだから、遽《にわ》かに『うつぼ』をねらうことはしない。万一を慮《おも》って、奴の活動力を刺戟させぬよう、光のすこしもない暗闇で行われている。

犯人は博士だ！　犯行の手段は未知の電気鰻《しびれうなぎ》だ！　犯行の動機は、不義の妻への遂ぐべくもない復讐の、その遺児に対する転嫁だ！　もちろん、まだまだ不可解な点は多々ある。冒頭にも言ったように、暗い面は依然としてまっくらだ。例えば、何故愛児まで伴侶にしたか？　綴方の中の姉の秘密は？　かくも用意周到な完全犯罪を企図《きと》しながら、何故その死体を故意に遺棄したか？　晩餐会の席上の恐ろしい会話は？　怪物の正体は？　僕にはもうそれらの謎を解く暇はない。一切を君と藤島君にまかせて征《ゆ》く。

君の心事《しんじ》は察するよ。君にとっては、博士は恩師だ、限りなく尊敬していることも知っている。博士は世紀の傑物だ、だからといって、この憎むべき犯罪を看過《かんか》してよいという訳はない、断じて。何故、僕がこの事件に、こんなに身を入れるのか、君は不審に思うだろう。言おうか、僕は初めて真耶さんに会って、僕の生涯に初めての、そして最後の恋をしたのだ！　では、あとを頼む、そう、誰にも知らさず、暁方《あけがた》に辰爺の持船を借りて、Ｂ村の渡船場にあがって、廻りみちだが軽便鉄道で行くことにした。誰にも送ってもらいたくない。ひとりで真耶さんのおもかげを胸に抱いて征きたいのだ！　では、さようなら」

第四話（告白）

「まあお掛け。きょう、君が何のために俺《わし》に面会を求めて来たか、俺は察しとる。塚本剛造逃げもかくれもせん。俺は、君にすべてを告白する。君富川孝一をおいて、俺の心情を理解してくれる者は他には無いのだ。

俺は恵美を憎んだ、むしろ呪った。俺は復讐の対象をのこしてくれた、運命の悪魔に、泣いて感謝した。俺は、その児が女になって恵美の面影を生きうつしにあらわすときを待った。復讐の効果をいやが上にも大きくして味わうためにのみ。計画の過程、その方法、すべてはもう、あの福山清君から聞いて知っているだろう。あの通りだ。あの男が、俺の秘密を露《あば》こうとして行動していたことも、それがどの程度に進捗《しんちょく》しつつあるかということも、俺にはその都度わかっていたのだ。俺はそれを、知って知らぬふりをしていたまでのことだ。どうして？　十八年もかかって計画した完全犯罪も、五美雄を犠牲にしなければならない程の大きな誤算をやってしまった今日《こんにち》、よし秘密が、永遠に埋もれおおせたとしても、何の価値があろう。

俺は、真耶に何も知らせずに復讐することが味気《あじけ》ないことに思われた。本人にだけは充分事情を明らかにしておいて、堂々たる殺人を仕遂げたかった。むろん幼い頃の真耶は何も知らなかった。少くとも真耶が十六になるまでは。それは、ある蒸しあつい夏の夜だった。俺は真耶をプールに連れていった。プールは、あの地上天国ではない。醜怪な『うつぼ』の群がもつれあい、巨大な水生羊歯《しだ》が触手のような渦芽《うずめ》をふりあげ、死頭蛾《スフィンクス》が赤い鱗粉をまき散らし、毒蕈《どくたけ》が悪臭のある粘液を滴《したた》り流す地獄だ。俺は、真耶に服を脱げと命じた。そう、命令したのだ。俺はそうして、この真耶の肉体によって再現される、十六のときの恵美の肉体を、なめずるように凝視したいのだ。憎しみを新鮮にかきたてるためめに。真耶は何の躊躇もなく、裸形になって、俺の前に立ちはだかった。俺は、そういう風に、真耶を扱いつけていたのだ。真耶の方でも、それを何の奇とも思っていない。恐怖も羞恥も抱かないのだ。俺は、西蔵《チベット》で会得した催眠術をほどこすのだ。頤《あご》から胸へかけての肉づき、肩のふくらみ、乳房のかたち、下腹の脂肪のつき方、腰の線、肢の曲げ具合、悪魔も見よ、これは真耶ではなくて、恵美だ！　俺は耳元に口を寄せる、真耶は眼前の空間をみつめたまま、姿勢をくずさぬ。ここに、世にも稀《まれ》な会話が交される。囁《ホイスパリング》き声のみで。

——おまえはわしのほんとうのこではない——
——では、だれのこなの——
——あくまのこだ——
——おかあさまはあくまとけっこんしたの——
——そうだ、わしはおまえをにくむ——
——どのくらい——
——ころしたいほど——
——あたしはころされやしない——
——どうして——
——だって、あたしはあくまのこだもの——
——わしはころすよ——
——なら、わたしもあなたをころすわ——
——わしを——
——ええ——
——それはじゆうだ、おぼえておこう——
——では、いまからてきとてき——

――そして、あくまとあくま――

――あたしがじゅうはちになったら――

――わしもそのときこそ――

――それまではひみつに――

――やくそくする――

――あたしはまけたくない――

――ちかいをたてよ――

――はい――

真耶は仏像のように右手をあげた。かくして俺は真耶に殺人を通告し、同時に俺も真耶から復讐を宣告されたのだ。爾来《じらい》、俺と真耶は、父と子の愛情の仮面の下で、憎み合い、戦い合った。俺は俺の準備をすすめ、真耶は真耶の計画をすすめていった。真耶がどんな企みをすすめているのか、俺には全然わからなかった。真耶は、あるいは全然なにもたくらんでいないのかも知れない。それとも完璧な計画に安んじているかも知れない。真耶の眼は冷く光り澄んでいる。その眼で微笑《ほほえ》みながら俺を凝視するのだった。真耶をふたたび、催眠術にかけて、その秘密をあばくことは容易《たやす》い。しかし、それはあまりにも卑劣だ。俺は負けたくはない。しかし堂々と残虐な復讐を遂げたいのだ。それはある、流星のたえまなく落ちる秋の夜だった。俺は、中間報告の意味で、その間の挿話をひとつ話そう。

俺は、書斎に居て、窓から水平線の彼方をうっとりとながめている。しずかな夜だ。星は次から次へ尾を曳《ひ》いてはセピア色の海に落ちつづける。ドアをノックする音、真耶が入って来る。何も身につけていない悪魔の娘、手に一個の白桃《すいみつ》を持っているだけ。例の囁《ささや》き声だ。

——なんのようか——

——すいみつをもってきたわ、めしあがる——

——ほしくはないよ——

——こわいの——

——いましにたくはないのだ——

——どくははいっていません——

——なぜそういうことをする——

——あたしたべるからいきをかいで——

——ああ、えみのくちのにおいだ——

——にくい？——

——にくい！——

——ころす？——

——ころす！——

――いつ？――

――もうじき！――

真耶は白桃の汁に濡れた唇を拭《ぬぐ》いもせず、部屋を立ち去った。挑戦だ。俺はもう荏苒《じんぜん》時をむなしくしているわけにはゆかなくなった。

気がかりなことがひとつある。憎悪に狂える悪魔は、同時に愛情にも狂える悪魔だ。俺は五美雄を、ほとんど狂的に愛している。だがこの児は、俺になんとしても親しみを持ってくれぬ。どういうものか、俺の側から離れたがるのだ。しかも真耶とあまりにも仲がよすぎる。最近とみにその度が強くなった様子だ。俺には、それが何か不吉な結果をもたらすように思えて、ひそかに恐れた。俺はややあせって来た。準備は完結している、いまはその機会を掴むのみ。そしてついにこの悲劇の大団円《キャタストロフィー》は来たのだ。

福山君が、君に話したことは事実だ。ただ君は、あの電気鰻については何も知らない。知らなくともよいことだが、ざっと説明して置こう――あれは勿論世界に誰ひとり知らない新種だ。たまたま、俺はシーボルトの手沢《しゅたく》本を一冊手に入れた。一八二四年に、長崎の出島で印刷された日本博物誌（De Historiae Naturalis in Japonia）の初版だ。それにシーボルト自筆の書入れがある。その十六頁上段、爬虫類目録《カタログ・レプテイリア》の内 Wumi hebi《ウミヘビ》という文字を朱線で抹消して、？《インターゲーション・マーク》を付してあるのが目についた。と、次頁の魚類目録《カタログ・ピスセス》の初めの方、円口類の項に、Vの表示がしてあるのを同時に見たのだ。つまり爬虫類に入れられた Wumi hebi はこのVのところ、即ち円口類に挿入さるべきものであるが、それはまだ明らかではない、目下研究中のものであることを示しているのだ。シーボルトは最初ウミヘビと見あやまったが、円口類に属する何ものかを、日本に於て発見しているのである。ちょっと煩わしくなるが、現今日本には、円口類に属する魚は、ヤツメウナギ一科二種、メクラウナギ二科四種、それだけだ。勿論それらは洩れなく同書にも記載されている。ではシーボルトは、それに加えるべき一種をたしかに発見しているのだ。しかもこの手沢本は辰五郎の家の古い葛籠《つづら》の底から発見されたのを見ると、シーボルトは、この三崎の近海で、それを採集若《も》しくは目撃していると見てよい。俺は、その時はまさか、この未知の生物を犯罪に用いようなどとは思ってもいなかったのだ。純粋な学問的欲求に駆られて、これの究明に当ったのだ。俺は、酸素自給装置のある潜水服を着けて、一五〇〇呎《フィート》内外の深海を殆んど二旬に亘って連続渉猟《しょうりょう》した。それはウミヘビ型の魚体が、水圧に抵抗して生存し得る深さの限度だ。結果は無。ありふれた、海底の放浪者、緑色のモレー鰻が、青光りのする海百合《うみゆり》の触手のあいだを蠢《うごめ》いているのみだ。それよりも更に深海にひそむものとすれば、形はウミヘビであっても、もはや爬虫類ではない、特殊の体構造をもつものでなくてはならない——明らかに深海性魚類であろう。俺は二〇〇〇呎まで降下した。これが人体が耐え得る水圧の限度だ。十四万四千ポンドの二乗の水圧だ。俺は、いくたびか、口からも鼻からも血を噴いた。あきらめようとした最後の夜、俺は、水圧に耐える石英硝子の角灯《カンテラ》を持って降下した。その光に誘われて、奴が姿をあらわしたのだ。たった一匹、そしてそれが世界に於ける最後の一匹である電気鰻だ。恐らく、シーボルトが、姿を目撃したのも同じこの個体であろう。俺は、その地点を正確に覚えて置いて、次の日にこれを捕獲した。そいつは、その姿の怪異さにも似ず、実にスローモーションである。ただ恐ろしいのは、その発電力だ、そのためには、俺は潜水服に完全な絶縁装置をほどこした。

いつの世、いかにして、この幻のごとき生物は発生したか、いつの世かは、この電気鰻は、あたかも恐竜が侏羅《ジュラ》の世紀に跳梁《ちょうりょう》したごとく、海底の暴君として君臨し栄えたことではあろう。今はその滅び行く最後のものとして、この日本の深海の一隅にひそみつづけて来たのだ。俺は、こいつを臨海実験所の水槽に移して研究した。勿論、深海魚を水槽に飼育するについては並々ならぬ苦心を要したのだが、幸いに、カール・シュミット博士によって発明された、強力な電圧水素溶解の巨大な水槽設備を持っていた――君がここへ入所した前のことだ。

何という怪異な姿、その恐るべき発電力、貪婪《どんらん》な食慾――それにも増して、その残虐な食物摂取法！

俺は、ひそかに手をうった。

その後、俺は、俺の畢生《ひっせい》の目的のために、こやつを使役する計画を樹《た》てた。こやつを低水圧に馴らすべく訓練し、同時に、一定のイシナギ以外の給餌を用いず、海水『うつぼ』と同棲し得るように馴育《じゅんいく》した。しかも餓えたときは餌にえりごのみをせず、兇猛な攻撃力を失わぬように――そして、ついにこやつは悪魔の弟子入りをゆるされたのだ！　俺はこやつを発見するまでは、三峡の毒蕈《たけ》コリオペリウム・オリガの抽出液を用いようと考えていた。この毒物は、最後まで生命の火をたやさず、生体を徐々に腐蝕溶解させてゆくのだ——残忍ではある、が、それは毒物学上に知られている。未知で、限りなく残忍で、しかも悪魔的な仕上げを俺は欲したのだ。俺は、その残骸を故意に隠匿しなかった。照り輝く太陽の下に投げ出した、悪魔の犯行を、世に誇りたかったからだ。隠匿するつもりなら、何も好きこのんで、こんな手のこんだ方法をとることはない。餓えた海産『うつぼ』の群《むら》がるプールに投げ込むだけで充分ではないか。あの、五美雄誕生晩餐会の夜のことにうつろう。嘗て、あのプールに於て、真耶から宣告を受けたごとく、俺が真耶を殺害するとき、それは俺も、真耶の手によって殺害されるかも知れない。父子死《おやこ》の饗宴《きょうえん》だ。俺は、その最後となるかも知れぬ饗宴を飾るために、愛する李蛾をしのぶことにした。あの忘れることの出来ぬ日の記念として、料理も酒も、三峡から取り寄せ、松明をすら燃えたたせたのだ。感傷だと笑いたければ笑ってくれ。

神々も、俺に味方してくれた。その夜は稀にみる豪雨であった。俺はその嵐の中で、あの大プールの入替をやった。スイッチをひとつ入れるだけで足りる。五本の大排水管は、五万匹の『うつぼ』と共に十分の一量の淡水を海中に放出し、給水管はこれを追って、海水『うつぼ』の群と、悪魔の弟子とを落下させて、これと入替らせた。地軸をもゆるがす大豪雨は、その巨大な音響をさえ打消してあまりありだ。プールは今、六十万ガロンの海水を満々とたたえて、まもなく展開される戦慄すべき一幕の舞台装置を終ったのだ。俺は、真耶に、最後の通告をした。こんやだ！　さすがに俺の面は蒼ざめ、真耶も額にべっとり汗をかいた。しかも、お互いにほほえみ交しながら、瞳と瞳とが火花を搏《う》つ、あの凄壮な囁きの会話！
深夜――目ざめるものは俺と真耶と二人だけ。いま、真耶がプールに立ってゆく。俺は書斎から、直《じ》かの通路を下りて、プールにあらわれる。俺はなにもしないでよいのだ。事は自動的に運ぶのだ。真耶はプールの扉をひらいて、手近かの電灯を点《つ》けるであろう。それで万事終れりだ、真耶がプールに裸身をひたした時には、悪魔の弟子は、その灯をめあてに、もう砂層から這い出《い》でて、あの暗紫色の体をちりちり顫《ふる》わせ、餓えた三角形の頭をうちふりうちふり、這いすすんでいるであろう。俺はそれを、パイプをくゆらして見物しておればよい。この瞬間を持つためにのみ、生きて来た十八年の歳月の、ああどんなにか長かったことぞ！　歓喜にうちうるえる手に扉を押しあけて、俺がプールの一角に立った時、ああ俺は何を見たか！　俺の全身は硬直し、俺の網膜には五彩の星が飛び散った。眼球が砕けて、こなごなに飛散するかとさえ思われた。プールの浅処《あさど》に、電灯の光をあかあかと浴びて、うずくまるように真耶と五美雄が抱き合っている。五美雄の顔は、真耶の乳房に埋められ、四肢はEcstaceにおののいてさえいる！　時すでにおそい、悪魔の弟子はその強力な発電力を作用させ得る圏内にあと一呎《フィート》！　突如、真耶は立ち上り、傲然《ごうぜん》と胸を反らせ、俺を見て高らかに笑った。次の瞬間、がっくりとのけぞって、五美雄を抱いたまま、水しぶきをあげてぶったおれた。二人とも感電したのだ。俺は、石像のように動けなかった。木乃伊《ミイラ》のように無表情な面を、汗で濡れしたたらせたまま棒立ちになった。その間にも、悪魔の弟子の頭は、はや真耶の腹腔の中で、肉を臓腑を消化しつつ、ごくんごくん吸いふくらんでいるのだ。

ああ、真耶は、俺に死を与えるよりも、更に更に残虐な方法をもって復讐したのだ。しかも、真耶は俺に殺されたのではない、俺の計画したすべての手段を利用して自殺したのだ。真耶は、俺から復讐され、殺される意識にあきたらず、そのお膳立てをひそかに調べあげ、それを利用して自殺したに過ぎない。しかも、五美雄を伴侶とすることによって、俺を殺害する以上の効果を高めたのだ。あの最後の勝ち誇った笑い！　死の勝利！　俺は完全に敗北した！

富川君、これ以上俺は何も言うことはない、ああ喉《のど》がかわく、そうそう、この葡萄は三峡から取寄せたのだ、見事なものだろう。李蛾のいた山塞の庭に実ったものだ。まあ君も相伴《しょうばん》したまえ。俺も一つやるよ、たった一つだけ。ただ俺がいまたべた一粒だけに、コリオペリウムの毒汁が注射されてある！」

解説

石川 博

収録作品について記す前に、本書に収録しなかった近代作家について少し触れておく。

まずは**村上春樹**の「海辺のカフカ」を見よう（上巻、新潮社 二〇〇二年）。頭が悪いという自己認識を持っているが、猫と話せるという特技もあるナカタさん。彼が、「ウナギはとくにいいものです。（中略）世の中にはかわりのある食べ物もありますが、ウナギのかわりというのは、ナカタの知りますかぎりどこにもありません」と述べる。ストーリーの展開上重要な個所ではないが、代わりがないユニークな食べ物としてウナギを捉えているところは、ウナギファンにとってうれしいところだ。

ウナギ好きといえば、**斎藤茂吉**が有名で、林谷広の「文献茂吉と鰻」（短歌新聞社 一九八一年）によれば、日記に記された四十四歳以降だけでも九百回以上、蒲焼を食べたという。ウナギを詠んだ短歌もあり、次の歌など「好き」を通り越し、ウナギオタクの様相だ。「ひと老いて何のいのりぞ鰻すらあぶら濃過ぐと言はむとぞする」（「つきかげ」所収、全集など）。「老いて祈ることなど何もない。鰻でも油が濃すぎると言うだろうが」って、ウナギの気持ちまでわかってしまう。

もう一人、**正岡子規**もかなりのウナギ好きだ。漱石が子規の思い出を語った「正岡子規」によれば、漱石の松山時代、子規は漱石の借家に入りびたっており、「昼になると蒲焼を取り寄せて、ご承知の通りぴちゃぴちゃと音をさせて食う」（全集、ネット上の青空文庫など）。最晩年の日録である「仰臥漫録」（岩波文庫）には、日々の食事が記載されている。明治三十四年の九月十二日には、「夕飯　飯一椀半、鰻の蒲焼七串、酢牡蠣、キャベツ、梨一ツ、林檎一切」とある。当時の子規は、寝たきりなのに連日かなりの量を食べる。間食に「菓子パン十個ばかり」（同年九月七日）などとあるので、大食いだったことは間違いないが、それにしても蒲焼七串とは、どれほどの量だろう。九月二十九日にも「鰻飯一鉢　飯軟らかにして善し」と記す。

作家以外でもウナギを好んだ人物は多いが、一人だけ挙げておく。それは**昭和天皇**だ。昭和天皇晩年の料理番だった谷部金次郎の記した本のタイトルが「昭和天皇と鰻茶漬」（河出書房新社二〇〇一年）。献上品の食物についての記述で、「なかでも、陛下がもっともお喜びになったのは鰻でしょう」と記し、「京都から届く茶漬用鰻も、ことのほかお喜びでした」とある。後者については、「大切に保管しておき、何度かに分けて召し上がっていただきました」とする。「鰻茶漬」をタイトルに入れたのは、天皇が「茶漬」を好むというのが庶民的で意外という面と、茶漬と言ってもウナギだ、という特別感とがあいまってのことだろう。何度かに分けるくらいなら取り寄せればいいのに、とも思うのだが。取り寄せないことが、あるいは取り寄せないことを文章化して広めることが、天皇への好感度につながる。天皇という立場の不自由さが浮き彫りになる記述だ。

鰻はおいしい

この章は食べ物としてのウナギに焦点を当てた。今は主に蒲焼で食すが、蒲焼は室町時代ころに登場したと言われている。蒲焼が江戸時代に普及してから、ウナギは「ご馳走」として定着し、現在までその地位を保持しているといえよう。

大伴家持（「万葉集」）の歌

日本では古代の遺跡からもウナギの骨が出土しており、古くから食べられていたことが確認できる。文芸作品の中に最初に登場するのが「万葉集」のウナギだ。掲出した大伴家持の歌は「痩人嗤咲歌二首（痩せた人を笑う歌二首）」と題されている。歌と左注を口語訳しておく。「石麻呂さんに私が申し上げます。夏痩せに良いといわれているウナギを捕ってお食べなさい」「痩せていても生きていた方がいいですよね。ひょっとしてウナギを捕ろうと河に入って流されないように」「右の歌について。吉田連老というものがいて、字を石麻呂という。（百済から渡来してきた医師であるとも言われる）仁敬さんの子だ。その老はひどく痩せている。多く食べるのに、見た目はまるで飢えた人のようだ。そこで家持がこの歌を作ってからかったのである」（「万葉集」は本文が万葉仮名を用いた特殊な表記であり、読み方が判明してない語句も多く、人物の経歴についても諸説ある。本文の表記は「底本」にしたがい、ここでの口語訳はいくつかの説の中から適宜判断して掲載している。）

この時代のウナギの料理法はわかっていないが、たぶん単純に丸焼きか丸煮だろう。この歌からも「ご馳走」のイメージは感じられない。ただ、土用の丑の日にウナギを食べる習慣の定着に当たっては、この歌が一定の役割を果たしたと思われる。

「万葉集」では、「うなぎ」ではなく「むなぎ（武奈伎）」と表記されているが、古くは「むなぎ」であったことが他の資料からも確認できる。さて、万葉以後の代表的歌集である「古今集」や「新古今集」に「うなぎ」は登場しない。

南方熊楠「鰻」

江戸時代に蒲焼が広まったことは確かだが、その起源などははっきりしない。取りあえず諸書にどのように記載されているのか調べたい。そういったとき、各種索引類をツールとして用いるが、事項によっては南方熊楠の論考がとても役に立つ。熊楠の手紙やエッセイは、時に異常なほど饒舌に語り、怪しげな話を記すことがあるが、手堅く簡潔な論考も多い。

本論考は「日本及び日本人」に掲載されたもので、宮川氏の論考（未確認）を補う資料を提供したものだろう。これだけの文章の中に江戸時代までの書物が十点出て来る。ちょっとわかりにくいのは、三行目にある「新増江戸鹿子」が直前の「嬉遊笑覧」に引用された書物であることだ。また、「追記」の方に「熊谷女編笠」が引用されており、その最後に「さても下心の可笑《おかし》さ」とある。ウナギ、卵、山の芋いずれも精力剤として用いられたので、それを「下心」と表したのだが、底本ではこの二文字が「〇〇」と伏字になっている。おそらくは「日本及日本人」編集者の配慮だろうが、こんな語句まで伏字にしなければならなかった時代があったのは驚きだ。いずれにしても、本論考から宝永三（一七〇六）年には大坂で蒲焼が普及していたとわかる。その他、ここに記された書物を確認することで多くの情報が得られる。

本論考以外の情報も一つ付け加えておく。天保四（一八三四）年の序を持つ、百拙老人の「世のすがた」の記述だ。「うなぎの蒲焼は天明のはじめ上野山下仏店《ほとけだな》にて大和屋といへるもの初めて売出す、その頃は飯をこの方より持参せしと聞く、近来はいづ方も飯をそへて売り、又茶碗もりなどといふもあり。又先へ価《あたい》を遣はし請取の書付を取り、その切手を進物にすることあり。」（三田村鳶魚編「未刊随筆百種　第六巻」中央公論社、一九七七年に所収。引用に当たっては、一部の文字をわかりやすく置き換える場合がある。以下江戸時代の引用に関しては同じ方針）

この記述によれば、蒲焼を江戸で売り出したのは、天明期だという。上野山下の仏店とは、仏具などを売る店を中心とした商店街で、ウナギ店が何件かあることでも有名だった。また、「切手」つまり商品券もあったと記している。ついでに仏店とウナギの川柳を。

仏店ウナギの身には地獄店　六三
仏店ウナギ火葬のけむり立ち　五七（数字は「柳多留」の編数、底本は岡田甫編「誹風柳多留全集」中央公論社。以下川柳の引用は同書による）

また、精力剤としてのウナギもしばしば川柳の題材になる。

うなぎ売り女房をなぶりなぶり売る　二七（行商のウナギ屋が、「今夜楽しみだね」と）
うなぎ屋に囲はれの下女今日も居る　一一（「囲われ」とは妾のこと）

落語「後生鰻」

ウナギが登場する落語は多い。手から逃れようとするウナギを追って町内を一周する「素人鰻」（別名「鰻屋」）。たいこもちがウナギをおごってもらったつもりで、かえって騙される「鰻の幇間《たいこ》」。また、ケチな男を語る「しわい屋」の中では、蒲焼の匂いをおかずに飯をかっこんでいた男が、鰻屋にかぎ賃を請求されると、金をチャリンとばらまいて、音だけ持って帰んな、と交ぜっかえす場面が定番だし、「子別れ」（別名「子はかすがい」）で、父が離れて暮らす息子にご馳走するのは鰻屋と決まっている。それだけ江戸時代にウナギ屋が多くあって人々に馴染んでいたということだろう。それらの中でここでは「後生鰻」を取り上げた。

この落語、上方では「放生会《ほうじょうえ》」という別名で演じられることがあるくらいで、生き物を買って後生を願うために放す、という習慣を背景にしている。ここでは江戸の話なので、浅草（観音様）と隅田川（大川）あたりが舞台となっている。広重の浮世絵「名所江戸百景」シリーズの一枚、「深川万年橋」には、ぶら下げられた亀が描かれているが、ここで話されているのがまさにこの場面だ。

本作は一九四一年に、演ずるのを自粛した禁演落語となった。禁演落語には廓噺や間男の噺を中心に五十三演目が指定された。この作品が禁じられた理由は、サゲが残酷だというのだろう。しかし、最初に聞いたとき、面白いとは思ったが、残酷さとか嫌な感じはまったくしなかった。いくら何でも赤ん坊を台に載せるあたりから「あり得ない」展開で、まして川に放り込むところでは、さっぱりと笑えると思うのだが……。最近では、赤ん坊を川に投げ込むのはあんまりだと言うので、女房を裂き台へ載せることに変えて演じることもある。時代と共に落語も変わる一例だろう。

ウナギ店の様、ウナギの放生会を詠んだ江戸時代の川柳を挙げておく。

うなぎ屋の隣茶漬を鼻で食い　一一一

うなぎ屋はむごいと言ふと腹をたて　一三

蒲焼はあおぐじゃなくてひっぱたき　五二　（団扇の使い方が激しい）

放しうなぎも太いのを姑ゑり　一四　（川柳での姑は、強欲のキャラ）

放生会納所うなぎをよほど呑む　三五　（放生会の前には予めウナギを用意しておく）

江戸では、江戸で取れたウナギを「江戸前」と称して珍重し、地方から運ばれたウナギを「旅うなぎ」と言って、一段低く見ていた。

丑の日に駕籠で乗り込む旅うなぎ　七三

辻焼のうなぎはみんな江戸後ろ　一〇五（屋台で売るウナギは江戸前じゃない安物）

原石鼎「鰻」

食物としてのウナギのことを記したエッセイはたくさんある。その中で本作は、不安感とそれを払拭する役割のウナギとの対比が印象的なことと、箱の内側の朱塗りがあざやかに描写されていることを評価した。蒲焼は味とあたたかさが大事だが、それとともに容器、それを届ける店員の威勢の良さ、そういったものがあいまって、満足が得られるのだ。

新美南吉「ごん狐」

この作品は、一九五六年に最初に教科書に掲載され、八〇年以降はすべての小学校四年生の国語科教科書に掲載されているという（二〇一六年六月二十四日付「朝日新聞」新美南吉記念館に関する記事）。今や日本でも最も読まれている児童文学と言ってもいい。しかし、誤解が悲劇を生むという話がどうしてこれほど教材として高く評価されているのだろう。子どもをごん狐の立場において、人生はいくら誠実に生きても報われないことがある、という諦観を教えるための教材なのだろうか。あるいは、好意からの行為でも、相手とのコミュニケーション不全の場合には、好意が伝わらないという教訓を教えるためだろうか。子どもを兵十の立場において、確かめもせずに犯人扱いするなと戒めているのだろうか。いずれにしろ、小学校も四年生になれば、不条理ということを知ってもいい。

小川国夫「海と鰻」

小川国夫らを内向の世代と呼ぶことがある。ノンポリが当たり前になった七十年代後半の学生にとって、自らのフィーリングにフィットするものがあったのだろう、一定のファンを確保した。ちなみに一九五七年生れの稿者もこの世代だが、学生時代、内向の世代より年上の第三の新人か、もっと若い村上龍やデビュー間もない村上春樹らを好んでいた。

「海と鰻」を読んで、あれ、何だか中途半端だな、とお思いになった方も多いのではないか。本作は、ゆるい連作である「動員時代」の最初の一作であり、連作を通して、主人公の少年が中学生になり戦時中の暗い世相が影を落とす流れになる。この小説に描かれるのは、まだ戦争の影が薄い「戦前」のエピソードである。ツネの家と浩の家との微妙な関係。それを、ウナギをやる、という形で描いたのはうまいと思う。浩は立場が上の家の息子で、そこに後ろめたさを感じ、自転車（当時は金持ちの家の子どもでなければ乗れなかった）にツネを乗せてやることで、そのうしろめたさを解消しようとする。よく言えば、少年の心情の機微を描いているのだが、この程度のことを小説の主題とするのか、という拍子抜けの感もなくはない。
当時の農村地帯にはウナギが当たり前に生息し、釣ったり簗で捕まえたりし、自宅で生きたウナギを裂くこともあった。ただ、おいしい蒲焼を作るのはなかなか難しい。店先で焼いているところを見ると、しばしば裏返す。これは、片側からばかり焼くと水分が逃げてしまうので、ふっくらと仕上げるためだという。その加減を体得するのに熟練を要するのであろう。近年ではすでに焼かれたものをパックしてスーパーマーケットなどで販売している。レンジで温めて食すのだが、あのふっくらした食感は得られない。

中平解「鰻の中のフランス」

日本では、ご馳走の位置を占めているウナギだが、他の国ではどうだろうか。このエッセイでは、フランス、イギリス、ドイツからデンマークまで、主に文学作品を用いてウナギが様々な料理法で食されていたことが記されている。なるほど、フライはいけるかもしれない、煮物は煮崩れしないのだろうかなどと、味や食感を想像することができる。たいへんに興味深い文章だが、あまりに長いので冒頭から三分の一ほどを収録した。後半では、アメリカ、韓国、スペインのウナギ料理や各国のウナギの捕まえ方へと話が広がっていく。また、壇一雄の『美味放浪記』を引用し、ウナギのスープ（ハンブルク）や、子ウナギの土鍋焼き（バルセロナ）を紹介している。さらにフランス文学から「彼はウナギのようにしなやかだ」等の表現を引用して、ウナギの食物以外の面についても記している。終盤には自作のウナギの短歌十二首もある。「エジプトの昔も鰻食ひたりとデュマは書きをり遥けくもあるか」が、そのうちの一首。なおこのエッセイの全文は、「中平解著作集」というサイトから閲覧できる。

このエッセイを読んで、日本以外でもウナギを食べることがわかるが、このことに関連して、安部公房がテレビで語っていたことがある。番組名などは失念したし、二十年以上も前の記憶なので、必ずしも正確ではないが、彼は次のように述べていた。「日本語の小説で、『今朝、ウナギを食べた』という一節があった場合、それを単純に英語に翻訳して『I ate eel this morning』としても、英語圏の読者に作者の意図は伝わらないだろう」という問題提起だ。つまり、ウナギは普通、朝食べるものではないのに、今朝は特別に食べたのだ、という意味合いが直訳では伝わらないことを指摘したのだ。この後、だから自分はそういう文章は書かないように心掛けている、という文脈だったのか、翻訳の際に「直訳」よりも意訳（たとえば、ここでは「特別に豪華な朝食を食べた」とでも訳すか）にすべきだ、という主張だったのか忘れてしまったが、「世界文学」の困難さを述べたものであったことは間違いない。各国や民族の文化は、奥が深く、完全に理解することは困難である。完全に理解しなくても一定のレベルでのコミュニケーションは成り立つだろうが、文学作品を読み解く場合には、できるだけ筆者の持つ文化に寄り添うことが求められる。

ウナギは不可解

昔の人は、ウナギの稚魚や腹中の卵を見たことがない。このことから、山の芋がウナギになる、という伝説が生じた。一方、ウナギは他の魚と違い多少の距離なら地上を移動することもある。そこから、ウナギが山の芋となる、とも言われるようになった。

江戸時代の人々はこの伝説を半ば信じ、半ば疑っていた。まず、前者の山の芋がウナギになる話である。安楽庵策伝が江戸初期にまとめた「醒睡笑《せいすいしょう》」（巻三、岩波文庫）という笑い話集に収められている。「学跡をものぞきける程の沙門、鰻を板折敷《おしき》の裏に置き、菜刀にて切る処へ、思ひもよらぬ檀那参りたり。少しも色をたがへず、「世界みな不思議を以て建立す。されば連々山の芋が鰻になると、人のいうてあれど、さだめて虚説ならんと疑ひしが、これ御覧ぜよ。山の芋を汁にして食はんとおもひ、取寄せおきたれば、見るがうちに、かやうになりて候は。何事ももの疑ひめさるるな。これ御覧あれ」とぞ申されける。」

一方、ウナギが山の芋になった話が、橘南谿の「東遊記」（巻一、平凡社・東洋文庫）にある。「近江の人の語りしは、「長浜にて山の芋を掘り来たり、料理しけるに、中に釣針のありしことあり。その掘りしところ、昔は湖水の傍らなりしところと言へば、この薯蕷《いも》はうなぎの変じたること疑ひなし」

といへり。その物語りし人も貞実の人なりしが、いかがありしや。」

　山の芋うなぎに化ける法事をし　一　（三十三回忌までは精進料理だが、五十回忌は魚肉も可）

北原白秋「鰻」

白秋はもちろん、ウナギと山の芋の伝説を信じていたわけではないが、この詩では地上を移動するウナギを題材にしている。それだけでもウナギの特異性が際立つ。

白秋は、詩や短歌の中に色彩をしばしば登場させる。ここでも、月明かりの「金」と花の「紅」が繰り返し用いられ、強いイメージが伝わってくる。

柳田国男「魚王行乞譚」

一見すると奇妙なタイトルの論考だ。「行乞《ぎょうこつ》」は托鉢のことだが、見慣れぬ「魚王」という語と結びつきにくい。しかし、冒頭の「耳嚢」所載の話を読めば納得できる。ウナギの中の王と目される個体が人間に化けてお願いをする、という話であり、それを材料とした論考だと判断できる。その後論考は、どうして同じような「ウソ」の話が次々と作られるのか、と問題提起をする。ウナギだけでなくイワナの例も挙げる。そして、いかにも実際に起きた出来事であるかのように述べるのは「近世日本の一つの時代風であった」と考察を進める。民間口承の重要性を指摘し、外国での類例を探すことも必要だと言う（そこで、「南方熊楠氏のような記憶のよい人に助けてもらうの他はないと思っている」と記す。このテーマそのものではないが、本書でも蒲焼について熊楠の論考は短いながら大きな助けになっている）。そして、唐（中国）や安南（ベトナム）の例を挙げる。しかし、最後は「この問題を外国の学者と共に論ぜんことは、到底私などの趣味ではない」と肩透かしをくう。

この肩透かし感まで含めて、柳田らしい論考だ。具体的な説話や伝説をもとに、意外な方向、広がりを見せるが、結論めいたものを匂わすだけで明確に断言しない。今でも「柳田学」などと言われ、彼の考察への言及が絶えないのは、こういった文章の持って行き方にも因るものであろう。

この「行乞」以外にも、ウナギの禁忌や片目のウナギ、神の使いとしてのウナギなど民俗学的に興味のある伝説や昔話はたくさんある。それらについてここで論じるだけの用意も能力もない。ただ、日本の伝統の中で、豊饒なウナギのイメージが蓄積していること、その多くが急激に失われつつあることを述べておきたい。

火野葦平「赤道祭」

この作品は一九五一年に毎日新聞に連載され、同年中に新潮社より刊行された。後に角川文庫にも収められた。全十六章の物語のうち、五章目の「海妖」と、末尾の二章半（「南海」の章の後半と「奈落」「エピロオグ」）を採録した。ウナギの稚魚に関する説明と、実際にウナギの稚魚を採集する場面を中心とした結果である。話全体は、学者の卵である第四郎と金も力も持つ男の妾である思鶴《おみつる》の恋愛譚だ。思鶴や満吉の出身地である沖縄の料理や風物、それにウナギの稚魚を追い求めるという設定が、この小説を他にないユニークなものとしている。なお「赤道祭」とは、本文に描写があるとおり、船舶が赤道を過ぎるときに船内で行われる祭りのこと。また、沖縄統治の複雑さや「マッカーサー・ライン」のことにも触れられており、時代を感じさせる。

同年中には映画化もされた。佐伯清が監督し、棚田吾郎が脚本を書いた。第四郎を伊豆肇が、思鶴を山根寿子が演じた。他に杉葉子、木村功、千秋実、佐々木孝丸、伊藤雄之助らそうそうたる出演者だった。映像を見ることはできなかったが、「シナリオ」誌一九五一年6号に掲載された脚本によれば、ストーリーの枝葉を省き、結末の、島への漂着部分を変えて、第四郎のみ船に救助され、思鶴は海底に眠ったとしている。

ウナギの産卵が解明されていないことは、この時代、それほど知られていなかった。最近では小学校の国語の教科書にも取り上げられる話題である。光村図書の「国語」教科書四年下巻（二〇一四年度使用教科書で確認）に、海洋生物学者の塚本勝巳が執筆した「ウナギのなぞを追って」が掲載されている。光村図書は小学校の国語では最大手であり、毎年数十万人の小学校四年生がウナギの不可解さについて学んでいることになる。

ウナギ文

不可解という点でおまけの一言。日本語研究者の中で「ウナギ文」と呼ばれている文があり、日本語の構造を分析する際の例文として使われている。それは「僕はウナギだ」の一文だ。たとえば定食屋に友人と入って、「君は刺身定食か。僕はウナギだ」というような会話が成立する。この場合の「は」はどのような働きなのか？　あるいは「僕はウナギを注文する」の「を注文する」の部分が「だ」で置き換えられるのはなぜか？　等々の視点がある。

ウナギを主人公とする小説なら、「僕はウナギだ」に何の違和感もない、と観点をすり替える論者や、英語圏にあるカフェで「僕は紅茶だ」を直訳して「I am tea」と言って通用するか、なんてことを実証しようと試みる人もいる。また、「は」ではなく「が」を用いる、「僕がウナギだ」という文もあるのか、と新たな問いもある（その答えは、ウエイターが刺身の皿とウナギの皿を持ってきて、「ウナギのお客様は？」と尋ねた場面だろう）。……きりもなく話題は広がっていく。実はもう一つ「象は鼻が長い」という「象鼻文」もあり、主語の概念を論ずる場合に用いられる。ほとんどの学問は、現象に当てはまる理屈を探し出すことだが、特に語学研究では、特殊な現象にも当てはまるように理屈を作らなければならず、単純化が難しいのである。ウナギは不可解。ウナギ文も不可解。

ウナギはおそろしい

土用の丑の日にウナギを食べるようになったのはなぜか、という問いは定番で、様々な書物やネット上のサイトでは、主に次の三つの説が紹介されている。一つ目は、夏場の売り上げ不振に悩んだウナギ屋の主人に頼まれ、平賀源内が「土用の丑の日にうなぎを食べよう」というような内容の宣伝文句を考え、それが当たったという説。二つ目は、大田南畝がひいきのウナギ屋のために、世間に広めたという説。三つ目は、文政年間に神田のウナギ屋「春木屋善兵衛」が、丑の日に作って保存していた蒲焼がわるくなっていなかったことから、という説。

以上の説の中で、一つ目の源内説は根拠がなく、三つ目の春木屋説は文政年間の記録によるということなので時代が新しすぎる。したがって二つ目の大田南畝説が残るのだが、これも正確ではない。結論を最初に述べよう。**南畝は、ひいきのウナギ屋に関する狂歌と狂詩を作っているが、土用の丑の日との関連は見られない。**この結論を、本文に掲載した作品を見ながら説明したい。

大田南畝の狂歌と狂詩

「あなうなぎ」の狂歌は南畝の代表作と言っていい。繰り返し選集に収められている。まず、「あなうなぎ」は、「ああウナギ」と詠嘆しているのだが、古典和歌の世界での「あな憂《う》」を取り入れている。たとえば、「古今集」の八九七番には、「とりとむる物にしあらねば年月をあはれあな憂と過ぐしつるかな」という詠人知らずの歌が収められている。「ああ、つらい、いやだ」と訳すことができる。次の「いづくの山のいもとせを」は、「どこの山の彼女（妹）と彼（背）を」の意味に、ウナギに縁のある「山の芋」を掛けている。四句以降の「さかれてのちに身をこがすとは」は、「背」から続ければ、ウナギが背を裂かれて蒲焼にされるさまだし、「妹背」の流れからは、恋人が仲を裂かれて相手を恋い焦がれる意味になる。なお、初句には「穴鰻」というウナギ屋の店名が掛けられているかもしれない（「穴鰻」は文化期以降の資料に見えるが、この歌の詠まれた当時実在したのかどうか不明）。この狂歌も宣伝に使えるが、使われた痕跡が確認できない。源内も南畝も引札（広告用のちらし）を執筆したことがわかっているが、ウナギ屋に関するものを記したという証左はないのである。

次いで、「江戸前のうなぎの筋は筋違の新石町のその名高はし」だが、この狂歌は出版された本ではなく、自作を集めた写本である「紅梅集」に収められている。詞書に「高橋屋がうなぎをたたえて」とある通り、「江戸前のウナギがおいしいのは、新石町にあるその名も高い高橋屋」という宣伝のための狂歌であろう。次の狂詩と共に、高橋屋の名を広めたと思われる。しかし、狂歌、狂詩ともに土用丑の日のことには触れられていない。なお、詩に登場する「大和田」「大金（大阪屋金兵衛）」「春木」「鈴木」「森山」はいずれも実在のウナギ店である。富山のみ確認できないが、他はすべて有名な店であり、それらに伍して「高橋屋」を称揚している。

ちょっと余談。土用丑の日とウナギの関連について、本やサイトの多くは、源内説や南畝説を紹介する際にも「〜と言われている」という曖昧な形なので、後世の伝説なのだろうと判断できる。ところが一部には、根拠となる書物名が記されているのである。例えば某サイトでは源内説の根拠として「明和誌」を挙げているし、某大手出版社から出されている「ウナギの教科書」という謳い文句の本の中では、南畝説の根拠として「天保佳話《てんぽのかわ》」を挙げている。そこで確認する。「明和誌」は文政五（一八二二）年に明和頃の風俗を思い出して描いたエッセイである。大正期に三田村鳶魚によって「鼠璞《そはく》十種」という叢書に収められた。そこには「近き頃、寒中の丑の日に紅をはき、土用に入り、丑の日にウナギを食す。寒暑とも家毎になす。安永、天明の頃よりはじまる」とあるのみで、源内も南畝も登場しない（「鼠璞十種　中巻」中央公論社、一九八〇年発行による）。五十年ほど前のことの記録であり、比較的信用できるだろう。ただし、写本で伝わったものなので、源内の名前の出ている別系統の写本がない、とも言いきれないが、その可能性は薄い。ちなみに源内自身が著作の中でウナギに触れているのを二カ所だけ見つけた。一か所は、安永三（一七七四）年版行の「里のをだ巻」で、「吉原へ行き、岡場所へ行くも皆それぞれの因縁づく、よいもあり悪いもあり。江戸前うなぎと旅うなぎ程旨味も違はず」と、比喩として使っている。もう一か所は「風流志道軒伝」の中でうまいものを列挙している部分で「江戸前大蒲焼」と記した箇所である。

『天保佳話』は、同じタイトルの書物が二種類ある。一つは、天保八（一八三七）年に刊行された随筆集、もう一つは天保十年に刊行された上方中心の狂詩集である。いずれも当時の版本を確認したが（国会図書館及び国文学研究資料館のサイトから見られる）、南畝との関わりは記されていない。随筆の方には「土用鰻」の項目があり、「土用丑の日に鰻を喫ふ事は、鰻は夏痩を療するものなればなり。殊に丑は土に属す。土用中の丑の日は両土相乗ずるものなり」として万葉集を引用する。これでウナギに関してはすべてである。狂詩集は、安穴道人こと中島棕隠らの作品が並んでいる。同書二編の最後の「加茂川五景」の中に「蒲焼」の語が出て来るが、それだけのことである。つまり、サイトや書物に書名が挙げられていても、アテにはならない。ちなみに「天保佳話」という題は、「てんぽの皮」という「天保」の年号とは無関係の古くからの言い回しを借用したもの。「成り行きまかせ」くらいの意味で、江戸時代に用いられており、近代でも井上ひさしが小説内で使っている。

南畝はエピソードや伝説が多く伝えられており、明治期に十種以上の読み物が発行されている。その中の数種を見たが、丑の日に関する伝承は記されていない。どうやら南畝と丑の日のつながりが広まったのは、だいぶ新しいことのようである。

閑話休題。出典を確認せずに通説を流布することは誤りを広めてしまうという点で、おそろしい。この章の冒頭に南畝の作品を取り上げた所以である。

岡本綺堂「魚妖」

ウナギに限らず、人に祟《たた》る動物は珍しくない。そしてそれらは、化け猫や九尾の狐や土蜘蛛のように劫《ごう》を経た姿であることが多い。ここでも、まずウナギの大きさから「主」ではないか、という憶測が記され、また、人の言葉を解する能力を持つことが示唆されている。その点では、他の祟りをなす動物譚と同工だが、特定の人物に祟るというより、複数の店関係者や客に祟るという点で異なる。単純な因果関係というより、構造的なものだけに、より恐ろしいと感じる。

この作品には原典がある。「八犬伝」などで有名な読本作家の曲亭馬琴が記した「兎園小説余録」に収められた「鰻鱧《うなぎ》の怪」である。この「兎園小説」シリーズは創作ではなく、当時の巷談、奇事を集めたもの。岡本作と原典を比較すると、中核になるウナギの話はほぼ同じで、細部を補った程度である。例えば、本書一九一ページの三行目の「暑い日のことであるから、汗をふいてまず一休みして」に対応する文言は、原典では「しばらくして」の一語だ。一方、その枠組みとなる馬琴自身が友人宅で饗応された部分などは大きく書き加えている。馬琴の記した原典は「日本随筆大成　第二期　第五巻」(吉川弘文館、一九七四年) で読むことができる。また、最後の部分に記された斎藤彦麿の「神《かみ》代余波《よのなごり》」は弘化四 (一八四七) 年の序文があり、「燕石十種　第三巻」(中央公論社、一九七九年) に収録される。岡本が記載した記事以外にも、有名なウナギ店を列挙した箇所があり、南畝作品の解説でも触れた、「大和田」「大金」「鈴木」などが見られるが、昔からある店の一つに「穴」を挙げているところが注目される。

本作とほぼ同じ話を田中貢太郎が記している。今回参照したのは、「日本怪談全集　Ⅱ」（桃源社、一九七四年）に収録された「鱣の怪」で、登場人物の名前などは異なるが、話の運びはよく似ている。他にも江戸時代にはウナギの怪異譚が多く残されている。文政九年に成立した佐藤成裕の「中陵漫録」により、いくつか紹介する（「日本随筆大成　第三期三巻」吉川弘文館、一九七六年。要点を現代語訳する）。「薩摩の西の鰻池に生れるウナギは半身である。昔大きなウナギを得て、半身に裂いたところ、池に踊り走って入って以来、皆半身のウナギとなる。地元の人は恐れて、誰も取らない。肥前島原の北では、臼のような大きさのウナギがいる。日照りの際に人々が雨を祈ると、このウナギが応じたので、以後「雨守大明神」と敬った。江戸で大きなウナギを食べたものは、狂気して死んだ。薩摩で大きなウナギを食べたものは病気になった。江戸の麻布でウナギを売る者が、ある日狂乱して板の上に臥し、包丁をのどにあて、さらに腹を裂いて「我は鰻なり」と言って死んだ。備中では、ウナギ屋が村人から買ったウナギの中に胡麻斑のウナギがいた。その夜、夢にこのウナギが出てきて「夫婦でいたのに一匹だけ捕まってしまった。どうせなら夫婦一緒に死にたい」と言う。翌日、村の人が持ってきた中に同じような胡麻斑のウナギがいた。一緒にすると互いに喜んでいる。そこで水中に放し、ウナギ屋をやめてしまった。」これらの話は、民話・伝説の記録とも言える。ウナギの霊力、人に取りつく力を素朴な形で記録しているのだ。

その話聞いてうなぎがいやになり　四七
はて恐ろしい執念じゃなあうなぎ　一一五
うなぎ屋をやめた話の恐ろしさ　二五

ここで**芭蕉**のことを一言。川柳では当たり前のように詠まれるウナギだが、俳諧にはほとんど登場しない。芭蕉の膨大な作品の中でも、連句の中で一か所確認できたに過ぎないのだ。それは、延宝六（一六七八）年に、素堂、京の信徳との三人で巻いた連句「江戸三吟」の中の「物の名の」巻（発句は、信徳の「物の名もたこや故郷のいかのぼり」）である。版になり「桃青三百韻」とも称される。その連句の中で芭蕉は「一念のうなぎとなって七まとひ」と付けている（前句は信徳の「夫《つま》は山伏海女のよび声」）。芥川龍之介は「芭蕉雑記」の中で「芭蕉の一生は怪談小説の流行の中に終始したもの」と捉え、この付合を芭蕉の初期の作品にみられる「鬼趣」の例として紹介している。山伏と海女というただならぬ組合せに対し、前世からの因縁を想定した。それを表すのに使われた生き物が「ウナギ」なのだ。ヘビやネコは七代祟るというが、ウナギも七生まとわりつく、というのだろう。

なお、岡本綺堂には、「鰻に呪われた男」という短編もある。こちらは、生のままウナギを食べる癖のある男が、妻にそれを見られて出奔するという話である（ちくま文庫「岡本綺堂集」、ネット上の青空文庫などに所収）。

内田百閒「東京日記」

「東京日記」は、東京を舞台とした幻想的な出来事を描いた二十三の掌編からなる「日記」だが、その最初がこの話である。若い読者のために二、三注釈を加えると、冒頭の「電車」は市電（路面電車）のことで、「安全地帯」とはそのプラットフォームに当たる場所である。また、最後の「劇場」は日劇で、有楽町駅前のシンボルだった。本作品の「こわさ」は巨大なウナギとともに、末尾の「小さな鰻があっちからもこっちからも這い上がって」の部分ではないだろうか。皇居から外に向かう巨大な鰻と、それを「静まり返って」見送るだけの人々。今度はその人々が「右往左往」を始めるが、その場に小さなウナギが登場し、「隙間から部屋の中に這い込んで行く」のである。この作品の記された昭和十三年という時代の雰囲気をよく表しているのではないか。大きな事件以上に、日々の生活に侵入してくる小さな事件。その積み重ねが、大きな脅威となる。

香山滋「海鰻荘奇談」

香山滋は「ゴジラ」の原作者として高名だ。「ゴジラ」は、水爆による巨大生物を特撮で、という東宝のプロデューサーの発案で、香山に原作を依頼した。その段階で主人公は「ジャイアント」の意味で「G」と仮称されていたという（wikipedia「香山滋」他）。香山は一九〇四年生まれ、戦後に作家としてデビューしたときは四十歳を過ぎていた。一九四八年にこの「海鰻荘奇談」で、日本探偵作家クラブ賞新人賞を受賞して作家として立つ。動物を用いた作品を書いていたことから、映画の原作者として白羽の矢が立ったのだろう。後に映画を元に自らノベライズしている。

「ゴジラ」は、単純ながら印象的なネーミングだが、本書のタイトルの「海鰻」も海の鰻であるウツボとワニを表すカイマンを掛けた秀逸なネーミングだろう。ワニのように凶暴なウツボが引き起こす事件を予想させる。そして予想はほぼ当たり、新種の海のウナギを使った殺人事件が描かれる。皮と骨だけで、肉や内臓がない被害者の姿は想像するだに恐ろしい。

本作で新種とされている海の生物は、厳密にいえばウナギではない。デンキウナギやヤツメウナギ、ヌタウナギ（旧称メクラウナギ）らは生物学的にはウナギと近縁ではないという。つまり、筒状の体で水中に暮らすものをウナギと総称しているに過ぎない。海にはウミヘビもいるが、こちらは陸上のヘビから分かれた爬虫類を指すことが多い。もし、新種のウミヘビの毒を用いた殺人事件だったら、本作のようなおどろおどろしい姿の被害者は描けないし、「海鰻荘」という魅惑的な名前も使えない。新種の「ウナギ」という設定は、香山滋の探偵小説作家としてのセンスを感じさせる。

一方、日本でも九州や四国に分布するオオウナギは、普通のウナギの仲間といえる（属が同じ）。獅子文六のユーモア小説「てんやわんや」（一九四九年発表、新潮文庫など）には、オオウナギを捕まえる描写がある（舞台は愛媛県）。本作と同じ時代の小説だが、テイストの違いが極端。日本の文学も幅が広い。

参考文献（本文に明記したもの以外）

三田村鳶魚「天麩羅と鰻の話」中央公論社「三田村鳶魚全集　十巻」所収　一九七五年（初出は一九三九年）
松井魁《いさお》「うなぎの本」柴田書店　一九七七年
高嶋止戈男《しかお》「にょろり鰻談」日本養殖新聞出版局　一九八三年
花咲一男「川柳うなぎの蒲焼」太平書屋　一九九一年
渡辺信一郎「江戸川柳飲食事典」東京堂出版　一九九六年
井田徹治「ウナギ　地球環境を語る魚」岩波新書　二〇〇七年
小林洋次郎「日本古典博物事典　動物篇」勉誠出版　二〇〇九年
塚本勝巳、黒木真理「日本うなぎ検定」小学館　二〇一四年
小林ふみ子「大田南畝」岩波書店　二〇一四年
ジェイムズ・プロセック著、小林正佳訳「ウナギと人間」築地書館　二〇一六年

著者紹介（掲載順）

大伴家持（おおとも・の・やかもち）

七一八（養老二）年ころから七八五（延暦四）年ころまでの間を生きた、律令制下の高級官吏で、従三位中納言であった。「万葉集」に四七三首が収められており、集全体の一割以上に及ぶ。巻十七以降は個人の家集の感がある。三十六歌仙のひとり。小倉百人一首には「かささぎの渡せる橋におく霜の白きを見れば夜ぞふけにける」が収められている。また太平洋戦争中にラジオで流れた「海ゆかば」は、家持の長歌の一節を歌詞として、信時潔が作曲した曲である。父は旅人《たびと》。

南方熊楠（みなかた・くまぐす）

一八六七（慶応三）年、和歌山県に生まれる。大学予備門（現東大）では、正岡子規・夏目漱石と同期。卒業せずアメリカとイギリスで研究者生活を送る。一九〇〇年に帰国。生物学者、民俗学者。生物学者としては粘菌の研究で知られている。主著『十二支考』『南方随筆』など。イギリスや日本の雑誌への投稿論文や書簡が主な執筆対象であったため、全集にも収録しきれず、研究の全容すら十分に明らかになっていない。言動や性格が奇抜で人並み外れたものであるため、数々の逸話を残している。亡くなるまでどこの大学にも組織にも属さなかった。一九四一（昭和十六）年没。

古今亭志ん生（ここんてい・しんしょう）

一八九〇（明治二十三）年、東京市神田区の生まれ。明治後期から昭和期にかけて活躍した東京の落語家。本名、美濃部孝蔵《みのべこうぞう》。小学校を卒業間際に奉公に出され様々な職を転々とする。一九〇七（明治四十）年頃からセミプロの落語家となる。一九三九（昭和十四）年、五代目志ん生を襲名する。持ちネタも多く天衣無縫とも言われる芸風だが、人情話もうまい。出囃子は「一丁入り」。昭和の落語界を代表する名人と称される。『後生鰻《ごしょううなぎ》』は古典落語の演目の一つ。元々は『淀川』という上方落語の演目で、明治期に東京へ移植されたという。別題は「放生会《ほうじょうえ》」。一九七三（昭和四十八）年没。

原石鼎（はら・せきてい）

一八八六（明治十九）年、島根県の医師の家に三男として生まれる。京都医専中退。病弱であり定職に就くことはなかった。高浜虚子に師事、「鹿火屋《かびや》」を創刊・主宰。大正期の「ホトトギス」を代表する作家の一人。色彩感覚に優れたみずみずしい作風で一世を風靡した。本名は鼎。初号・鉄鼎。別号・ひぐらし。辞世句は、「松朽ち葉かゝらぬ五百木無かりけり」。一九三七（昭和十二）年の『自選句集花影』が生前唯一の句集である。一九五一（昭和二十七）年没。

新美南吉（にいみ・なんきち）

一九一三（大正二）年、愛知県に生まれた。鈴木三重吉主宰の童話雑誌「赤い鳥」に『ごん狐』『のら犬』などの童話四篇、童謡二十三篇が掲載された。生前に『おじいさんのランプ』『良寛物語』の二冊を刊行。小学校や女学校の教員を務めたが、病弱のためいずれも長続きしなかった。一九四三（昭和十八）年、数え年三十一歳で没。没後刊行された『花のき村と盗人たち』『牛をつないだ椿の木』によって一般に知られるようになった。彼の評価が高まったのは死後二十年近くを経た一九六〇（昭和三十五）年に『新美南吉童話全集』三巻が刊行されてからであった。

小川国夫（おがわ・くにお）

一九二七（昭和二）年、静岡県に生まれる。小学生のころから肺結核等に悩まされた。旧制静岡高等学校のころカトリックの洗礼を受け、東京大学国文科に進んだが、三年後にはフランスへ渡ってソルボンヌ大学に留学。三年の留学後帰国してからは復学せず、そのまま創作活動に入った。私家版の『アポロンの島』(「海と鰻」を含む)が島尾敏夫に激賞されて文壇に登場し、内向の世代の作家と呼ばれた。川端康成文学賞、伊藤整文学賞、読売文学賞、日本芸術院賞を受賞。しかし、若いころからの賞嫌いで芥川賞の受賞を固辞したと言われている。『生のさ中に』『海からの光』『青銅時代』『リラの頃カサブランカへ』など多数の作品がある。二〇〇八(平成二十)年没。二〇一二年、妻の恵氏による追想「銀色の月」が出版される。

中平解(なかひら・さとる)

一九〇四(明治三十七)年、愛媛県に生まれる。一九二四(大正十三)年、中野重治らと同人誌「裸像」を刊行。一九二七(昭和二)年、東京帝国大学卒業。一九三二(昭和七)年、明治大学予科教授となる。一九三五年頃から柳田国男が主宰する木曜会に参加し、方言や地名に興味を持つ。一九四七年、文部省に入省、科学教育局事務官になる。フランス政府より教育功労勲章を授与される。一九五四年東京教育大学教授に就任。一九五七年、鈴木信太郎ほかとの共著『スタンダード佛和辞典』(大修館書店)刊行。当初から、編集・執筆の基幹的存在であった。十年の歳月を費やして成った本辞典は、以後フランス語の普及とフランス語研究の発展のために貢献した。東京教育大学の文学部長を退任後、愛知県立大学教授、愛知県立芸術大学美術学部教授など。二〇〇一(平成十三)年没。

北原白秋(きたはら・はくしゅう)

一八八五(明治十八)年、熊本県に生まれる。生後まもなく福岡県にある家に帰る。早稲田大学英文科予科を中退。『邪宗門』『思い出』などの詩集を出版し、官能的、唯美的な作品が話題となる。歌集『桐の花』の短歌も色彩にあふれている。詩、童謡、短歌以外に、新民謡（「松島音頭」・「ちゃっきり節」等）の分野にも傑作を残している。生涯に数多くの詩歌を残し、今なお歌い継がれる童謡を数多く発表するなど、近代の日本を代表する詩人。一九四二（昭和十七）年没。

柳田国男（やなぎた・くにお）
一八七五（明治八）年、兵庫県生まれ。日本の民俗学者・官僚。東京帝国大学で農政学を学び農商務省の官僚となる。そのかたわら民俗学を研究し『遠野物語』を執筆、雑誌「郷土研究」を刊行。一九一四（大正三）年、貴族院書記官長に就任。一九一九年に辞任し、一九二〇年には朝日新聞社客員となる。その後国際連盟委任統治委員、慶應義塾大学講師などを務める。終戦後から廃止されるまで最後の枢密顧問官に就いた。その後、民俗学研究所を設立。一九五一年に文化勲章を受章した。日本民俗学の開拓者で、多数の著作は今日までくり返し刊行されている。一九六二（昭和三十七）年没。

火野葦平（ひの・あしへい）
一九〇七（明治四十）年、福岡県で、沖仲仕「玉井組」を営んだ玉井金五郎の長男として生まれる。旧制小倉中学校（現福岡県立小倉高等学校）卒業、早稲田大学英文科中退。『糞尿譚』で芥川賞を受賞、その後の『麦と兵隊』は大きな評判をよび、『土と兵隊』『花と兵隊』とあわせた「兵隊三部作」は三〇〇万部を超えるベストセラーとなった。東京と福岡に本拠を二分し、東西を往復しての執筆活動で多忙を極めた。著述業と共に「玉井組」二代目も務める。一九六〇（昭和三十五）年没。十三回忌の際、遺族より睡眠薬自殺であったことが明らかにされた。なお妹の息子がアフガニスタンで医療活動を行っている中村哲である。

大田南畝（おおた・なんぽ）
一七四九（寛延二）年、江戸の牛込に、御徒の大田正智の嫡男として生まれる。天明期を代表する文人・狂歌師であり、御家人。別号は蜀山人、狂歌名は四方赤良《よものあから》。狂詩名では寝惚《ねぼけ》先生とも称した。勘定所勤務として支配勘定にまで上り詰めた幕府官僚であった一方で、文筆方面でも膨大な量の随筆を残す傍ら、狂歌、洒落本、漢詩文、狂詩、などをよくした。特に狂歌で知られ、唐衣橘洲《からころもきっしゅう》・朱楽菅江《あけらかんこう》と共に狂歌三大家と言われる。今回収録した、「あなうなぎ」の狂歌は、「万載狂歌集」「狂歌若葉集」に「四方赤良」名で発表された。そして、弟子の宿屋飯盛《やどやのめしもり》がまとめた狂歌師の肖像入り狂歌集「吾妻曲《あづまぶり》狂歌文庫」では南畝の肖像の上にこの狂歌が記されている。つまり彼の代表作なのである。また、もう一つの狂歌と狂詩が収められた「紅梅集」（写本）の序文の記名は「蜀山人」である。一八二三（文政六）年没。

岡本綺堂（おかもと・きどう）

一八七二（明治五）年、旧幕臣の長男として東京に生まれた。父は当時イギリス公使館員。東京府尋常中学（現都立日比谷高校）を卒業後、新聞社に勤める傍ら劇評や小説を発表し、文筆家としてスタート。『鳥辺山心中』『番町皿屋敷』『修善寺物語』などの作品で新歌舞伎運動の代表的な劇作家となる。作家としても、捕物帳の元祖と言われる『半七捕物帳』が有名。怪談物とともに今も読みつがれている。一九三九（昭和十四）年没。

内田百閒（うちだ・ひゃっけん）

一八八九（明治二十二）年、岡山市の造り酒屋の一人息子に生まれる。東京帝国大学文科大学でドイツ文学を専攻。夏目漱石に傾倒して漱石門下となり、小宮豊隆、鈴木三重吉、森田草平、芥川龍之介などと交わる。ペンネームの百閒は、岡山市にある洪水除けの川、百間川による。一九二二（大正十一）年、夢幻的で難解な独特の世界を紡ぎ出した創作集『冥途』を出したが、世に入れられなかった。百閒の書物が評判を呼ぶようになったのは、一九三三（昭和八）年の『百鬼園随筆』以来で、『旅順入城式』から阿房列車シリーズ、最晩年の『日没閉門』まで多くの著作を著し、独特の文学世界を確立。晩年には、毎年誕生日に教え子らが集まり誕生パーティが開かれていた。黒沢明監督の遺作「まあだだよ」はこの会を中心に描いた映画である。一九七一（昭和四十六）年没。

香山滋（かやま・しげる）

一九〇四（明治三十七）年、東京神楽坂に生まれる。法政大学経済学部を中退して、大蔵省に入省するが、歌人として文芸活動をし、一九四六（昭和二十一）年に雑誌「宝石」の懸賞に応募した『オラン・ペンテグの復讐』が入選して以来旺盛な創作活動を展開。『海鰻荘奇譚』は第二作で日本探偵作家クラブ賞新人賞を受賞。大蔵省を退任して多くの空想小説、秘境探検小説で珍獣・怪獣を登場させ、このことから東宝プロデューサー・田中友幸に依頼されてゴジラ映画の原案とシナリオを提供した。島田一男により、偉大な大人の童話作家と評された。他に『怪異馬霊教』『エル・ドラドオ』『怪獣ゴジラ』など。一九七五（昭和五十）年没。

底本一覧

「万葉の鰻」
底本「武田祐吉校註　萬葉集」下巻　角川文庫　一九五五（昭和三十）年四月二十日

「鰻」（南方熊楠）
底本「南方熊楠全集」第5巻　平凡社
一九七二（昭和四十七）年十一月二十四日初版第一刷

「後生鰻」
参考にした翻字：「東西落語特選」
http://www.niji.or.jp/home/dingo/rakugo2/view.php?file=goshounagi
口演の音声：https://www.youtube.com/watch?v=hGvsAI62pUQ

「鰻」（原石鼎）
底本　「ホトトギス名作文学集」　小学館
一九九五（平成七）年十二月二十日第一版第一刷発行
〈初出　「ホトトギス」一九一八（大正七）年九月号〉

「ごん狐」
底本「新美南吉童話集1」大日本図書
一九八二（昭和五十七）年初版第一刷発行（校定本に順じている）
〈初出「赤い鳥　復刊第三巻第一号」一九三二（昭和七）年一月号〉

「海と鰻」
底本「アポロンの島」審美社　一九六七（昭和四十二）年七月十日初版
〈初出　私家版「アポロンの島」一九五七（昭和三十二）年〉

「鰻のなかのフランス」
底本「鰻のなかのフランス」青土社　一九八三（昭和五十八）年十二月一日初版発行

〈初出　雑誌「ももんが」連載〉

「詩・鰻」
底本「白秋全集3」岩波書店　一九八五（昭和六十）年五月七日
〈初出「白秋詩集」アルス　一九二〇（大正九）年〉

「魚王行乞譚」
底本「柳田國男集第五巻（新装版）」筑摩書房
一九六八（昭和四十三）年十月二十一日第一刷
〈初出「改造」一九三〇（昭和五）年一月号〉

「赤道祭」
底本「赤道祭」新潮社　一九五一（昭和二十六）年十一月十日発行
〈初出　毎日新聞連載　一九五一（昭和二十六）年〉

「狂歌・狂詩」
「大田南畝全集」第一巻　岩波書店　一九八五年十二月十六日
「大田南畝全集」第二巻　岩波書店　一九八六年八月二十七日

「魚妖」
底本「日本幻想文学集成23」国書刊行会
一九九三（平成五）年九月二十日初版第一刷発行
〈初出「週刊朝日」一九二四（大正十三）年七月五日発行（夏季特別号）題は「鰻の怪」〉

「東京日記」
底本「新輯　内田百閒全集第八巻」福武書店
一九八七（昭和六十二）年八月十五日発行
〈初出「改造」一九三八（昭和十三）年二月号〉

「海鰻荘奇談」
底本「香山滋全集①」三一書房　一九九三（平成五）年十二月十五日第一版第一刷発行
〈初出「宝石」一九四七（昭和二十二）年五〜七月号〉

本書は、前掲の書籍を底本としました。本文を読みやすくするため、以下のように処置しました。

・底本が歴史的仮名遣いの場合、現代仮名遣いに改めた（詩歌をのぞく）。
・底本が旧字体の場合、新字体に改めた。
・難解な語句に適宜ふりがなを補い、一部の漢字をひらがなに改めた。
・読点を補った箇所がある。

なお、本文中に、今日の観点から不適切あるいは差別的と思われる表現もありますが、作品が発表された当時の時代背景、また、今日まで詠み継がれてきた文学史の流れを考慮し、原文を改めることはいたしませんでした。

石川 博（いしかわ　ひろし）

1957年、山梨県甲府市生まれ。慶応義塾大学卒。経済学、日本近世文学を専攻し、国語科の教員として長く駿台甲府高等学校の教壇に立つ。一時小学校の校長、山梨大学の講師を務める。
編・著書に、「曲亭馬琴　南総里見八犬伝」（角川ソフィア文庫）、「山梨県史」（共著）など。地元の自治体史誌類に方言、民俗、文学、教育、近世史などの項目を執筆。山梨郷土研究会常任理事、やまなし県民文化祭小説部門審査員、山梨県富士山総合学術調査研究委員会所属。

シリーズ 紙礫 5　**鰻**　eel

2017年2月5日　初版発行
定価　1,800円＋税

編　者　石川 博
発行所　株式会社 **皓星社**
発行者　藤巻修一
編　集　備仲とし子
〒101-0051　千代田区神田神保町 3-10
電話：03-6272-9330　FAX：03-6272-9921
URL http://www.libro-koseisha.co.jp/
E-mail：info@libro-koseisha.co.jp
郵便振替　00130-6-24639

装幀　藤巻 亮一
印刷・製本　精文堂印刷株式会社

ISBN978-4-7744-0623-7